LE DOSSIER D'UN PRISONNIER

HAITI
D'un Etat Fatras à un Etat glorieux ...
à la gloire du Seigneur

ELJ Micaël II
Prêtre du Très – Haut

Edition Revue et
Augmentée

Trafford
PUBLISHING   www.trafford.com

North America & International
toll-free: 1 888 232 4444 (USA & Canada)
phone: 250 383 6864 ♦ fax: 812 355 4082

« *Le peuple qui marchait dans les ténèbres voit une grande lumière; sur ceux qui habitaient le pays de l'ombre de la mort une lumière resplendit. Car le joug qui pesait sur lui, le bâton qui frappait son dos, la verge de celui qui l'opprimait, tu les brises, comme à la journée de Madian.* » (Esaïe 9: 1,3)

Table Des Matières

AVANT-PROPOS

Peuple haitien, peuples de la terre, écoutez!

Nous sommes à l'heure de l'accomplissement de la prophétie du 12e chapitre du livre prophétique de Daniel faisant mention au verset premier de l'apparition de « Micaël, le grand prince, le défenseur des enfants de ton peuple… »

Comme je l'ai écrit, à plusieurs reprises, c'est le Seigneur Jésus Lui-même qui m'a dit dans une vision: « Mon Père et Moi t'avons donné le nom de Micaël. Va dans Daniel 12:1, où tu trouveras ce nom et le titre correspondant décrivant le ministère qui t'attend en Haiti. Ce ministère aura un impacte sur le monde. » Plus tard, j'ai rencontré une femme de Dieu qui m'a confirmé la vision qu'elle dit avoir reçue du Seigneur à mon sujet, au moment où j'annonçais un service de jeûne pour la délivrance d'Haiti dans la ville américaine d'Orlando, en Floride.

J'annonce aujourd'hui que par ordre du Tout-Puissant, et conformément à cette vision, je reçus du Seigneur le 1er Janvier 2004 les quatre (4) objets relatés à plusieurs reprises dont le « Dossier d'un Prisonnier » ou Dossier Haitien. L'ordre formel me fut donné de faire circuler ledit dossier dans le monde entier. Ce livre que vous lisez en est la partie essentielle. En outre, j'annonce à tous que comme partie de la mission mondiale d'Haiti, des représentants d'Israël et des nations arabes non-belligérantes seront conviés dans ce pays le moment venu, pour me rencontrer et recevoir un message important venu du Seigneur; il en sera de même pour les peuples noirs dans le monde, et pour des représentants de l'Eglise de Jésus-Christ sur la terre.

En plus de cela, le Maitre m'a confié tout un ensemble de fonctions sacerdotales à exécuter pour Lui juste avant Sa venue physique sur la planète. Il m'a dit à ce propos: « En route sur la planète terre, Je t'appellerai pour que tu viennes Me rencontrer et Me donner un rapport de la mission sacerdotale qui t'a été confiée. »

Je dois dire tout de suite que je n'appartiens à aucune dénomination religieuse. Je fraternise avec les adeptes de toutes les religions données et qui se réclament du christianisme, excepté bien sur les cultes prônant le polythéisme, l'athéisme, le démonisme ou choses semblables.

Mon indépendance d'esprit m'a fait découvrir un tas de choses auxquelles je n'aurais pensé autrement: il s'agit du sectarisme, de l'animosité, de la haine mutuelle dont font montre les dénominations dites « chrétiennes. » Le semblant de fraternité dont elles font l'éloge ne se rencontre généralement qu'entre les membres d'une même secte. Quelle est la dernière fois que vous avez vu des gens de religions chrétiennes différentes prier, et manger ensemble, collaborer dans l'œuvre de Dieu ou même aller en excursion en groupe? Est-ce là l'amour fraternel, signe distinctif de la même famille Spirituelle? Le fait que j'ai écrit des textes sur le sabbat de l'Eternel sert de prétexte pour plus d'uns de faire courir le bruit que je suis un adepte de l'Adventisme du 7e jour, donc propre à attirer le mépris des chrétiens baptistes, qui refusent de me saluer en me côtoyant. Les amis adventistes sont tièdes avec moi en apprenant que je prêche, par révélation divine, « l'Evangile du Royaume de Dieu ». Ils en déduisent que je suis un Témoin de Jéhovah, donc propre à être brûlé vif, selon eux. Et ainsi de suite.

Quelle sera la réaction de ces « accusateurs des frères » quand ils verront ma coopération fraternelle et chaleureuse avec des chrétiens de foi catholique romaine, coopération et aide mutuelle dans le cadre de mes fonctions sacerdotales, pour lesquelles une certaine collaboration chrétienne sera plus que nécessaire, selon les instructions que j'ai reçues du Seigneur?

La chrétienté de cette fin de siècle présente-t-elle l'image du corps uni que le Seigneur a insisté qu'elle projette dans le monde?

Ce sont là des exemples entre une bonne centaine. Dès lors, je comprends mieux pourquoi le Seigneur m'a dit dans un songe: « Puisque la chrétienté comme un tout néglige de prêter attention aux avertissement et instructions de l'Esprit, Je vais donner la permission à l'Anti-Christ pour persécuter l'Eglise du dernier temps, car elle est spirituellement pauvre tout en prétendant être riche. »

Et dans un contexte similaire, Il m'a dit une nuit en 1982: « Les religions dites 'chrétiennes' répandent à travers les médias, T.V. surtout, des erreurs et des demi-vérités. Une heureuse exception est faite pour au moins l'une d'entre elles dont le fondateur humain, m'a montré l'Esprit dans le songe, était un vieillard Américain aux cheveux blancs. Ce vieillard, continua la voix qui me parlait, accepte tous les sacrifices pour enseigner la Bible avec fidélité et exactitude. « En général, me confia l'Esprit de Dieu, après la mort des prophètes-fondateurs, les grands leaders religieux rejettent Mes instructions, par orgueil ou sectarisme, ou par crainte de perdre l'estime de leurs audiences et les privilèges, surtout matériels, qui y sont associés.

A Mon Retour prochain, ces leaders auront le choix ou *d'adjurer publiquement* leurs hérésies/ apostasies ou d'être *traités de 'plus petits' dans le Royaume des cieux*» (Matthieu 5:19). L'accueil généralement timoré que me font la plupart des hommes d'église sert à confirmer ces assertions du Seigneur.

J'aurais bien aimé savoir ce qui est advenu du vieillard cité plus haut, et de son ministère télévisé. En tout cas, tout récemment, j'ai reçu du Seigneur quelques mots sur l'Eglise de Jésus-Christ des Saints des Derniers Jours (les Mormons) et de son fondateur humain longtemps décédé. Bientôt, cette communication importante sera divulguée, après une investigation sérieuse que je dois mener sur les Mormons, selon l'ordre du Seigneur.

Quant à ma prédication, centrée sur le Royaume de Dieu et sur certains aspects de la Loi de Moïse, Je répondrais à tout potentiel critique ou détracteur que l'Eglise a toujours été perçue et enseignée comme une parenthèse dans le plan de Dieu. Sa mission a officiellement vu le jour avec le message d'ouverture de l'Apôtre Pierre, le jour de la Pentecôte. La fin de cette mission s'annonce déjà, on le sent, on le prêche. Les signes avant-coureurs prédits par Jésus et l'Apôtre Paul sont évidents à travers le monde. Par ordre du St-Esprit, je suis appelé à annoncer en Haiti le début de l'âge suivant et imminent, le Royaume. Je le fais dans la foulée de Jean-Baptiste, un représentant du Prophète Elie d'Israël.

Ma mission particulière est justement pour combler la transition entre les deux âges, celle de la fin de l'Eglise et celle de l'instauration du Royaume, comme prophétisé par Malachie au 4e chapitre de son livre, le 4e verset. Il est clairement dit qu'à l'approche de l'Avènement de Jésus-Christ, la loi mosaïque serait remise en honneur pour demeurer ainsi durant tout le Règne millénaire. A cet effet, Le Prophète Ezéchiel n'a-t-il pas consigné dans les chapitres 40-48 de son livre une vision se rapportant au service complet du sacerdoce lévitique qui sera appliqué dans le prochain Royaume de Dieu? Qui a une objection? Le prophète Malachie, n'a-t-il pas prédit que (faisant référence au Millénium et au système lévitique: « …De Sion sortira la Loi »? A cet égard, je dois souligner que seul Jésus-Christ, en vertu de l'autorité conférée sur Lui par Son Père a le droit de modifier le système mosaïque par le système de Melchisédek comme Il a donné l'exemple lors de Son passage sur la terre Hébreux 5:6 et 10).

Sans vouloir allonger cette partie du texte, il serait de bon ton que je donne à mes lecteurs un bref compte-rendu de mes activités en Haiti dans le cadre de la proclamation du Royaume de Dieu dans ce pays:

a. 13 Mai 2009. Je reçus du Saint-Esprit l'ordre de quitter la Floride pour un retour en Haiti en vue de proclamer le grand Jubilé biblique de Lévitique 25:8-24 (la lettre et l'esprit).

b. 18 Juillet 2010. Avec le concours des chrétiens évangéliques de la ville des Gonaïves, une grande marche à travers la ville ouvre officiellement l'année du Jubilé biblico-haitien (juillet 2010-juin 2011) pour le pays entier.

c. De fin juillet à fin novembre 2010, je lance une campagne d'informations et d'avertissements dans la presse nationale et via l'Internet, aux politiciens haitiens et aux grands acteurs de la politique en Haiti, et au CEP, enjoignant à tous de stopper le processus électoral en Haiti durant l'année du Jubilé. Le Dieu Tout-Puissant ayant décidé, par décret divin, de proclamer LIBERTE, REPOS, ET RESTITUTION globale et complète pour Haiti; que tout contrevenant à cet ordre divin (nation, organisation, individu ou groupe) sera punis avec rigueur; que ces élections ne sont autres que des moyens détournés par l'International et les grandes puissances pour tenir Haiti dans la servitude et l'oppression. Ils font tous la sourde oreille. La classe politique haitienne sera particulièrement frappée pour avoir montré son non-respect aux victimes du 12 janvier pour se porter candidats à des élections dans un pays sous occupation militaire. Le grand Jubilé biblique, connu aussi comme « l'année du relâche » (Deutéronome 31 :10-13) a été contourné et ignoré par les politiciens Haitiens, et étrangers. « Ils seront tous punis pour cela », m'a dit le Seigneur, « à moins qu'ils se repentent sincèrement devant Moi. »

d. 21 octobre 2010. A l'aube, sur ordre de l'Esprit, j'assigne l'ONU, l'OEA, la MINUSTHA, le CEP, les politiciens haitiens, passés et présents, devant le Tribunal céleste. Le Seigneur m'apprend qu'Il va montrer à tous qu'Il est Dieu. Les grandes capitales occidentales, tôt ou tard, seront réduites en des tas de débris, pires que Port-au-Prince, a-t-Il déclaré.

e. 22 octobre 2010. Toujours aux Gonaïves, à l'aube, je reçus l'ordre de procéder au bannissement de Lucifer représenté sous la forme d'un animal-jouet, plus précisément un ours (Daniel 7:5). Entouré d'anges invisibles de l'armée des cieux de l'Archange Gabriel, je liai l'animal et le jetai dans un trou d'égouts plein de saletés: un message claire et sans équivoque pour signifier à tous dans l'univers le sort réservé à Lucifer et à ses complices mortels et immortels, dès le Retour prochain de Jésus-Christ sur la terre (Apocalypse 20:1-3).

f. De Décembre 2010 à fin Février : Les anges infernaux me lancent une attaque intensifiée. Cible : ma santé physique. J'ai de la peine à tolérer mes douleurs et souffrances extrêmes. Plus d'un chrétiens m'appellent pour m'informer que le cas est critique, d'après ce qu'ils ont vu en songe. Aussi faut-il ajouter que dès le départ, un ange du Seigneur est venu pour me dire qu'il est envoyé par Dieu pour me soutenir et me mettre hors de danger. Multiple opérations chirurgicales majeures furent exécutées sur moi. Néanmoins, par la grâce du Seigneur, j'en suis sorti indemne.

g. Enfin, la VISION TRANSCENDANTE DE LA NUIT DU 15-au16 Déc. 2010: Le Saint-Esprit m'apparait pour me confirmer que toutes les choses annoncées dans les livres du « Dossier Haitien » auront leur accomplissement en temps et lieu. Il m'affirme en outre que les plaintes qu'Il m'avait fait déposer devant le Tribunal céleste contre l'ONU, l'OEA, le CEP, la MINUSTHA, les politiciens haitiens, passés et présents, sont reçues, et que justice sera faite sans tarder à la nation haitienne. Dans cette même vision, l'Esprit de Dieu me fait voir un commando de l'armée commandée par l'Archange Gabriel en mission en Haiti. Ils ont pour objectif de rassembler les forces rebelles (anges et esprits déchus, loas, etc) pour les frapper sans exception aucune. L'Esprit me montre la méthode utilisée: un soufflet avec force sur le front de chaque être immortel. Le soufflet une fois reçu, une fumée sort de la tête de l'ange rebelle qui devient immédiatement à peu près comme un simple mortel.

L'Esprit m'apprend que la fumée représente l'esprit de puissance que chaque ange et être immortel avaient reçu de l'Eternel. N'ayant utilisé cette puissance que pour faire le mal et saboter l'œuvre de Dieu, le jugement prédit atteint ces êtres dévoyés : un commando loyal est délégué par Jésus-Christ et l'Archange Gabriel pour leur enlever cet esprit, qui s'en va retrouver le Père céleste. Privés de leur puissance, ces anges et esprits déchus sont menottés, placés pêle-mêle dans des camions remplis en route pour la prison où ils demeureront pour au moins 1000 ans avant d'être anéantis pour l'éternité.

« Ce qui se passe aujourd'hui en Haiti: jugement des êtres immortels déchus, neutralisation, dans un premier temps, des plus grandes organisations nationales et/ou mondiales impies, se passera sur la terre entière, au Retour de Jésus-Christ où elles seront finalement anéanties. Cette vision est véritable. Pour toi, prêtre Melchisédek et porte-parole du Seigneur, continue à proclamer *fidèlement* en Haiti la bonne nouvelle du Royaume de Dieu. Le reste est dans les mains du Père céleste. Dans le cadre de la proclamation de l'Evangile du Royaume de Dieu **en Haiti,** continue l'œuvre de feu Pape Jean XXIII en ce qui a trait au rapprochement catholique-protestant; poursuis le dialogue de paix israélo-arabe commencé par Ménahem Bégin et Anouar El Sadate; fais revivre la justice sociale que prêchaient J. F. Kennedy et Martin Luther King Sen. Dans toutes ces choses, je serai avec toi », conclut l'Esprit.

Le présent livre sera là comme témoin à charge contre tous les méchants pour leur rappeler que « le salaire du péché, c'est la mort » (Romains 6:23), comme le dit l'Ecriture; et que le « jour de vengeance de l'Eternel » dont a parlé la Bible dans Esaie 35:4 est sur le point d'être une réalité. Il ne faudra pas que l'on oublie que cette vengeance divine tiendra effectivement compte des torts et dommages dont Haiti a été victime tout le long de son histoire mouvementée, comme présenté dans le « Dossier Haitien » en général, et dans ce livre, en particulier.

HAITI: D'UN ETAT-FATRAS A UN ETAT GLORIEUX…A LA GLOIRE DU SEIGNEUR sera connu dans l'Histoire future comme le livre qui a sonné le glas d'une civilisation impie, amorale, décadente, moribonde, ténébreuse, pour en déboucher sur une nouvelle, l'Age d'Or, qu'instaurera le Retour physique de Jésus-Christ, en puissance et en gloire, sur la planète!

Enfin, que les individus, les groupes, les nations, qui sont concernés par les exigences de justice véhiculées par le présent livre, loin d'être offusqués ou de se mettre en colère contre les ordres de l'Eternel, le « juste Juge », adoptent l'attitude humble du roi David, qui a eu le courage moral d'accepter: « Que le juste me frappe, c'est une faveur; qu'il me châtie, c'est de l'huile sur ma tête » (Psaume 141:5).

Mes lecteurs se rendront compte que le présent document, comme les autres du reste, contient beaucoup de répétitions de mots et d'idées. Elles sont vraiment nombreuses. Cela n'est pas une erreur de style, de faute de composition. J'ai choisi cette méthode par souci emphatique, pour attirer l'attention du lecteur sur des points essentiels, des idées majeures.

Un grand merci au Seigneur pour Sa grâce envers moi. Et que tous mes lecteurs soient sous l'effet d'une telle grâce!

L'auteur.
Haiti, février et décembre 2010

Chapitre I

HAITI: A L'HEURE DU SYMBOLISME DES EXPIATIONS DU LÉVITIQUE

Que se passe-t-il en Haiti ces dernières années?

Depuis le 12 janvier 2010 jusqu'au moment où nous écrivons ces lignes, la terre ne cesse de trembler, sinon à Port-au-Prince, du moins en province. Après le cyclone Hike, c'est la famine, après la corruption généralisée dans l'Etat, c'est l'injustice criante parmi le peuple. Un flot de problèmes après un autre qui laisse le peuple essoufflé, traumatisé, sous le choc, dans le deuil, dans l'angoisse. Je suis placé pour expliquer à la nation et au monde que trois grands phénomènes planétaires concordants et de puissance extraordinaire contribuent à ébranler l'espace d'Haiti, et la planète, en général.

Ces phénomènes sont au-delà du champ de vision de la science. Dans les temps bibliques, des « mages » expliquaient ce genre de choses. C'était des savants très religieux qui sondaient la nature et les astres: ils pouvaient détecter l'apparition des étoiles inhabituelles ou peu ordinaires annonçant des événements majeurs tels la naissance de Jésus, etc. Avant et après la mort du Messie.

Des prophètes du Seigneur annonçaient ce genre de chose. Durant l'âge de l'Eglise, la venue du St-Esprit avec Ses dons, enseigne toutes choses aux croyants humbles et inquisiteurs.

La révolte de la nature en Haiti, il faut la comprendre par le cumul des trois phénomènes dont nous allons parler, et qui sont, a priori, de nature spirituelle:

I. La demande des âmes innocentes mortes (sous la torture, victime de meurtre ou d'assassinat) sollicitant la résurrection et le jugement dispensationnels (Daniel 12:1-3; Apocalypse 6:9-10). A ce propos, les victimes des Duvaliers et des régimes assassins en Haiti crient vengeance devant le Tribunal de Dieu à l'approche du Jubilé biblique en Haiti.

II. La demande des Autorités du Paradis pour l'Expiation des abominations, des crimes, et de toutes sortes de corruptions en Haiti (Lévitique 16:15-19; 21-22; Nombres 35:30,33).

III. L'ordre du Père Eternel d'instaurer l'Age nouveau sur la planète, l'Age de Lumière et de Vie, que va inaugurer l'imminent Retour physique de Christ sur la terre. Or il se trouve que dans tous les trois cas, Haiti est spirituellement et profondément impliquée, encore plus que l'Israël antique, comme le monde va le constater. La restauration et la mission mondiale d'Haiti avec impact positif sur le monde sont ordonnées par le Dieu-Père. D'où l'inquiétude des forces du mal, et leur tentative d'essayer de faire échouer le plan divin en Haiti et pour Haiti.

C'est à partir de là qu'il faut comprendre la détermination fiévreuse avec laquelle satan et ses suppôts humains: les Duvaliers, la CIA américaine, les gouvernements haitiens successifs font tout pour porter le peuple haitien à commettre abominations et crimes, les uns plus révoltants que les autres de manière à porter l'Eternel à tourner le dos à Haiti, et annuler du même coup Son programme de restauration pour ce peuple. Cela ferait l'affaire des forces sataniques qui verraient un délai de leur jour de jugement. Car, nous venons de l'affirmer: L'Expiation du pays, le Jubilé biblique, le Jugement dispensationnel, constituent ensemble un coup de massue imminent sur la tête du Malin. D'où son acharnement à maintenir à tout prix le statu quo en Haiti.

Jésus l'a dit dans Matthieu 12:29: « Personne ne peut entrer dans la maison d'un homme fort et piller ses biens sans avoir auparavant lié cet homme fort. » Cet « homme fort », c'est évidemment le Malin. Il résiste à être lié. D'où son acharnement accéléré à bouleverser le monde, et Haiti, en particulier.

Pour la première fois, je tiens à rapporter à mes lecteurs trois événements survenus dans ma vie, qui m'ont affecté considérablement, et qui sont étroitement liés à mes écrits, et à ce texte en particulier.

a. D'abord du 16 au 19 mars 2009. L'Esprit du Seigneur m'a poussé à lancer un défi formel à satan. Par ce défi, j'ai mis satan en demeure de réclamer mon corps à l'Eternel pour le détruire si les choses, visions, et songes dont j'ai fait état, incluant ceux relatés dans le présent texte, sont purement et simplement des mensonges, des inventions, œuvres de mon imagination. Oui, j'ai donné à satan les trois jours et trois nuits mentionnés pour agir pendant que je serais dans la méditation. Selon la Bible, les menteurs n'ont pas à espérer vivre dans le Royaume de Dieu (Galates 5:20-21; Apoc. 22:15), et satan à autorité sur leur chaire coupable de transgression. Voir I Corinthiens 5:5. Le 19 mars 2009, au lever du soleil, je me mis à genoux pour adorer le Seigneur après avoir appelé deux de mes intimes pour les informer que je suis bel et bien vivant! Satan à donc admis, tacitement, que les choses, visions, et autres rapportées dans mes écrits sont véridiques et reçues du Seigneur, comme je l'ai toujours affirmé.

b. Le second événement tenu secret jusqu'à aujourd'hui, c'est qu'en septembre 1987 durant un temps que je passais dans l'adoration et la contemplation spirituelle à Naples, en Floride, le Seigneur Jésus me dit une nuit: « Emmanuel, nettoie profondément le pays d'Haiti pour Moi. Je te dirai à quel moment commencer. » Et l'Esprit de m'expliquer qu'il s'agit d'un nettoyage moral et spirituel profond, et qui n'a rien à voir directement avec la politique traditionnelle du pays.

c. A l'âge adolescent, je fus profondément impressionné par le pasteur qui m'avait baptisé à 14 ans à l'Eglise Baptiste de Port-de-Paix, Haiti. Ce pasteur était aussi un médecin très estimé des populations de toute la zone, de Port- de-Paix à l'Anse-à-Foleur. Son nom: le Pasteur et Docteur Orius Paultre, originaire de la ville de St-Marc. Le genre de vie qu'il menait avec sa famille laissait voir qu'il n'aspirait aucunement à l'argent ni à rien de matériel. Juste avant la fin de mes études secondaires, je me mis à prier demandant au Seigneur de rendre possible mon entrée à la faculté de médecine en vue d'une carrière médicale semblable à celle du Dr./Past. Paultre. Avant la fin de la classe terminale II, j'ai reçu une réponse du Seigneur au cours d'une vision: « Je t'ai choisi pour être 'médecin de l'âme' et non pour soigner le corps. Le temps viendra où Je t'appellerai pour consoler et fortifier l'âme de ton peuple. » J'ai tout compris. J'ai toujours tenu cette vision secrète.

Plusieurs années de cela, comme je l'ai expliqué dans mes écrits, l'ordre divin me fut donné d'élever en Haiti, le SAT (un Sanctuaire, qui est en même temps un Autel, et la réplique du Tribunal céleste), et d'exercer là mon ministère sacerdotal en faveur d'Haiti et du monde, conformément à mes fonctions de prêtre du Très-Haut (PTH), selon Daniel 12:1, ministère confirmé par des témoins humains et des anges du Seigneur.

En 2004, le 1er janvier, à l'aube, quand l'ange du Seigneur m'apporta en vision les quatre éléments envoyés par le Seigneur dont l'un fut un balai, je compris immédiatement que le temps du nettoyage d'Haiti est imminent.

Dans la prophétie d'Esaïe, au chapitre 11, l'Esprit présente métaphoriquement Jésus-Christ comme Celui dont la justice et la fidélité servent de ceinture pour les reins et pour le flanc (v.5). Et l'Apôtre Pierre de préciser que « nous attendons de nouveaux cieux et une nouvelle terre ou la JUSTICE habitera (II Pierre 3:13). Le Royaume de Dieu sera donc un royaume de justice. De là, on comprend pourquoi en m'envoyant commencer ce ministère en Haiti, l'Esprit du Seigneur insiste pour qu'il soit centré autour des principes de justice en tant que l'image et le prélude de Son règne mondial typifié longtemps avant dans une cérémonie lévitique connue sous le nom de « jour des Expiations » (lévitique 16). Ce jour, dans la prophétie, représente le sort final de Lucifer et des anges rebelles. Et dans ce contexte, l'apôtre Paul a écrit: « Ne savez-vous pas que nous jugerons les anges? »
(I Corinthiens 6:3).

On doit noter que la justice divine est au-dessus de la justice humaine. Dans ce contexte, aucun coupable en Haiti, dans le cadre du Jubilé, ne comparaitra devant les tribunaux présidés par des hommes. Comme dans l'Israël antique, les cas de violations de la loi divine seront référés au Juge suprême. L'Esprit me demande de préciser avec emphase que dans le cadre du Jubilé et des expiations symboliques du Lévitique, aucun coupable ou présumé coupable ne doit être poursuivi en justice en Haiti. Les cas de tort ou d'abus faits à un compatriote ou à la nation doivent être référés au Tribunal céleste via le PTH. Dans ce cas, tous les ex-mandataires du pays, les PM, les directeurs généraux, les présidents des deux chambres du parlement, etc, de 1958 à 2008, auront le choix présentés à ceux qui sont encore vivants : ou se repentir devant Dieu ou rester sur le chemin de la rébellion contre Dieu et partager le sort de Lucifer le moment venu (Psaume 1er), conformément à la parole des prophètes, des apôtres, et des personnes désignées par l'Eternel.

On doit noter que l'Esprit demande à ce que les Présidents Dumarsais Estimé, Lesly Manigat, et leurs staffs soient hors de cause. Mais pour les cas des leaders de Lavalas et Espoir, ils seront frappés d'anathème. C'est la raison pourquoi Dieu exige que soit crée sans délai une commission pour mener « l'Investigation du Millénium » avec le plus grand sérieux et impartialité possibles. Plus sera dit à ce sujet en temps voulu. Ceux qui ont occupé des positions secondaires dans les dits partis politiques devront aller trouver des prêtres catholiques romains qualifiés pour se confesser et obtenir l'absolution au nom du Seigneur. Pour ce qui est des votants, jeunes et adultes, qui ont contribué à placer ces gens au pouvoir, ils devront demander pardon à Dieu en secret. Autrement, ils seront durement châtiés par Dieu. En vertu du Jubilé biblique, aucune violence verbale ou physique, aucune menace, aucune vengeance, aucune manifestation de rue, ne doit être organisée contre personne dans le pays, selon l'ordre du Seigneur. Dieu et Son Tribunal vont passer à l'action. Je sais de quoi je parle. Le monde en sera témoin.

Je répète ici l'ordre du Seigneur: tout doit se faire sans la moindre violence, sans menaces, sans vengeance!
Ce pour éviter de transgresser l'ordre divin. J'ai dû le répéter!

L'Esprit demande à ce que la CIA Américaine soit investiguée par une commission de personnalités de droits humains aux USA pour déterminer le rôle joué par cet agence dans l'écrasement du système éducatif haitien en soutenant les régimes barbares et sanguinaires en Haiti, régimes qui ont institutionnalisé la torture et l'exile pour liquider le pays, d'après les archives tenues par des êtres immatériels préposés à cet effet. La commission aura 90 jours pour compléter son rapport, qui viendra confirmer ou démentir les comptes-rendus angéliques. Copie en seront donnée au Congrès américain et au Conclave haitien pour être présentée au Seigneur via le PTH.

Enfin, les organisations internationales accusées de malversations contre Haiti tomberont sous le coup de la justice divine, après enquête sous serment.

C'est ici une réflexion que j'ai faite sur mon ministère en Haiti, et que l'Esprit de Dieu a insisté qu'elle soi insérée ici: **il y a 4 ans que moi, votre serviteur, j'essaie de parler à ma nation j'ai toujours été ignoré. Maintenant je déclare par le St-Esprit que si l'élite intellectuelle, économique et autre en Haiti contenue à écarter la voix du Seigneur, et à ignorer cette voix, le tremblement de terre du 12 Janvier 2010 n'aura été que le commencement des douleurs. Et les nations étrangères, particulièrement les grandes capitales des puissances occidentales, qui essaieraient de saboter, retarder, boycotter, l'exécution du « Dossier Haitien » en Haiti seront réduites comme des tas de débris, dit l'Esprit, conformément à Malachie 4:1. Car il faut que les expiations d'Haiti soient faites, que le Jubilé soit proclamé dans le pays, ensemble avec tout ce qui est ordonné dans le « Dossier Haitien » et qu'Haiti remplisse sa mission prophétique, messianique, et mondiale comme prélude au retour du Seigneur sur la planète. Autrement le pays, dit l'Esprit, Haiti sera comme bloquée. Et alors les politiciens haitiens ainsi que leurs complices étrangers n'en tireront aucun avantage véritable.**

Oui, l'Esprit de Dieu a mis l'accent sur la justice qui DOIT être appliquée dans une Haiti dont les péchés et abominations auront été rituellement expiés comme l'a ordonné le Seigneur de l'univers: expiation et Justice divine pour la nation et ses citoyens pour entrer dans l'année du Jubilé; expiation et justice vont la main dans la main, comme on l'a vu au temps de Moïse, et comme le Seigneur l'a ordonné pour Haiti. Oui, il y aura justice divine et anathème sur les auteurs des malheurs du peuple comme le symbolise « le 2e bouc » chassé dans le désert en portant les abominations du peuple Israël, selon le passage en question, et selon les instructions formelles que j'ai reçues du Seigneur, instructions contenues dans le « Dossier Haitien » ou « Dossier d'un Prisonnier » que vous lisez. Tout cela est conforme à la prophétie biblique décrivant le temps de vengeance du Seigneur.

Le Saint-Esprit veut qu'avec l'imminence du Retour physique de Jésus-Christ sur la terre, qu'au symbolisme de la sainte Cène (symbolisé par la mort expiatoire du 1er bouc du Lévitique 16) soit jouté le symbolisme du bannissement du 2e bouc, chargé de tous les péchés du genre humain, comme en fait il en est l'auteur. Ce sera un message puissant et plein de justice que l'Esprit entend transmettre à Lucifer, aux chrétiens, et à l'humanité. L'Esprit du Seigneur m'a expliqué que parmi les abominations à charger sur la tête de Lucifer, il faut inclure l'apostasie et l'animosité, sinon la haine, dont sont l'objet les croyants de la part des uns et des autres, comme nous l'avons mentionné dans l'Avant-propos.

Tous les observateurs lucides et impartiaux arrivent à la conclusion que les leaders des grandes religions chrétiennes des deux derniers siècles en particulier ne pensent, pour la plupart, qu'a étendre leur domination, et, prestige, et leur empire financier, en se préoccupant très peu de corriger les erreurs dont sont entachés les enseignements qu'ils répandent. Le sort des frères et sœurs de condition plus humble, voir les nouvelles instructions que ces derniers dispensent ne les intéressent nullement.

L'Esprit m'a appris qu'Il est toujours disposé à enseigner et à corriger l'Eglise. Mais que généralement ceux-là qui sont la tête des autres n'en ont cure, par orgueil, lâcheté, fausse prétention, ou absence d'amour fraternel. Lucifer est ultimement responsable de cet état de choses. Il doit en payer le prix ultime. Des milliers d'enfants sincères du Seigneur peuvent confirmer cette assertion que le St-Esprit a insisté pour que je l'insère dans ce livre.

J'ai reçu l'ordre formel, dans le cadre de mes fonctions sacerdotales et prophétiques basées sur le nom « Micael » que j'ai reçu conjointement de Jésus-Christ et de Son Père, comme Lui-même et d'autres témoins l'ont confirmé, de prononcer ou bien l'anathème ou bien la bénédiction dans des cas spécifiques. Cette prérogative fut originalement donnée collectivement aux douze apôtres de Jésus (Matthieu 18:18). Dans l'attente de l'arrivée du Seigneur, je suis autorisé par les Autorités du Paradis à présenter devant le

Tribunal de justice divine les dossiers suivants en sorte que ou l'anathème ou la bénédiction divine tombe **immanquablement sur tous les criminels mentionnés dans le « Dossier Haitien », et qu'ils partagent le sort du « 2e bouc »(Lucifer) à moins qu'ils se repentent sincèrement devant Dieu, m'a appris l'Esprit du Seigneur.**

A. La justice divine veut que l'anathème soit prononcé sur:

a. Les pays colonisateurs et esclavagistes: pour le traitement inhumain qu'ils ont infligé aux Indiens d'Amérique et aux Noirs d'Afrique. L'Esprit ordonne que les cinq (5) principaux pays esclavagistes/colonisateurs: France, Espagne, Portugal, l'Angleterre, USA, envoient chacun une délégation d'hommes et de femmes de haute moralité et spiritualité en Haiti rencontrer le Conclave pour fixer un agenda rapide pour le dédommagement / réparation / restitution des torts et dommages subis par Haiti et ses fils comme résultat directe de l'esclavage pendant des siècles et pour que l'équivalent des richesses tirées du sous-sol d'Haiti ou obtenues par la force soient rendues au pays sous peine des châtiments sans précédent selon la prophétie de Daniel 12:1. Au cas de tergiversation, ces nations, continua l'Esprit, seraient réduites dans un état qui servirait d'exemple au reste des nations.

b. Les dirigeants haitiens de 1828 à 2008: pour leur gestion généralement négative du pays. Les Duvaliers père et fils: pour leur pacte avec les démons entrainant l'institutionnalisation du vol, du satanisme, de la corruption, et du pillage des deniers publics.

c. Tous les présidents, P.M.(de facto ou de jure), les parlementaires haitiens: pour leur démission face à leur responsabilités historiques. Henry Namphy est le prototype de cet aveuglement politique couplé d'égocentrisme.

d. Les gouvernements étrangers et l'International, qui, pour des générations, ont refusé d'exiger des Haitiens dignes comme interlocuteurs, mais plutôt ont utilisé leur influence pour maintenir le statu quo en recommandant des hommes et femmes indignes comme leaders en Haiti.

e. Les leaders de Lavalas et de l'Espoir, dit l'Esprit, pour le fait qu'ils ont largement contribué à donner le « coup de grâce » à Haiti. // Mais grâce divine sur:

f. Les Présidents Dumarsais Estimé, Lesly Manigat, et leurs collaborateurs pour leur probité et la vision profonde qui ont marqué leur temps au pouvoir en Haiti.

g. Les Haitiens honnêtes, compétents, et sérieux qui, face aux offres les plus alléchantes ont préféré l'éclipse, l'oubli, le mépris, l'exile, l'emprisonnement ou la torture au lieu de courber l'échine devant l'immoralité, la corruption, et autres, comme les sept mille hommes en Israël au temps du prophète Elie, et dont le Professeur Franketienne, Charles Poisset Romain, l'Educateur Pierre Chaplet, Mme Odette Roy Fombrun, etc sont les représentants en Haiti. Voir plus loin l'addition d'autres noms, y inclus des malades, des morts, des vivants. Dans presque tous les cas, ce sont des gens que je n'ai jamais rencontrés. Mais l'Esprit m'a demandé d'inclure leurs noms sur la liste des gens à honorer sur la terre d'Haiti et dans l'au-delà.

B. Cette même justice divine veut qu'en Haiti:

a. Une commission présidée par le professeur Rémy Mathieu soit crée avec le mandat de rendre hommage aux citoyens haitiens, morts ou vivants, ayant fait honneur au pays par des qualités morales et spirituelles peu communes. Le nombre 7000 (sept mille) une fois atteint, tout surplus des noms sera exposé le moment venu dans le « Temple du Père universel ». Peu importe la foi religieuse ou la condition sociale des élus.

b. Un délai de deux mois soit donné à toutes les organisations étrangères œuvrant dans le pays pour qu'elles prennent toutes les dispositions pour remettre la gestion de leur mission à des Haitiens recommandés par des comités d'églises catholiques et/ou protestantes. Si dans ce processus, des magouilles, sabotages, représailles sous n'importe quelle forme sont observées, l'anathème sera prononcé contre le ou les auteurs.

c. Enfin la justice divine exige que « le 2e bouc »(Lucifer) soit expulsé vers une terre éloignée des humains, amenant avec lui les individus haitiens ou étrangers, morts ou vivants, que l'Esprit insiste pour qu'ils accompagnent le second bouc dans l'abime, s'ils ne se repentent pas, dès le Retour du Roi, selon le sort prophétique trouvé dans Lévitique 16 confirmé par l'Apocalypse 20.

Dans l'ancienne législation mosaïque, L'Eternel mettait à part un jour pour faire annuellement l'expiation du peuple juif, selon le Lévitique 16. En ce jour, deux boucs sont remis au grand-prêtre pour deux raisons différentes: l'un devait être sacrifié à l'Eternel; l'autre sera chargé des péchés de la nation et chassé dans le désert. Ces deux boucs sont la figure, l'un (le premier) de Jésus-Christ destiné à faire l'expiation de l'humanité par Son sacrifice sanglant; l'autre bouc (le 2e) symbolise Lucifer, qui sera chassé de la terre habitée avec sur sa tête toutes les abominations des hommes.

En me confiant la mission de prêtre avec le nom spirituel de « Micaël » et le titre correspondant, selon la prophétie de Daniel 12:1, j'ai reçu l'ordre formel de rappeler à tous que certaines dispositions de lois mosaïques doivent être restaurées, conformément à la prophétie de Malachie 4:1-4, qui stipule: « Souviens-toi de Moïse auquel J'ai prescrit des lois, des préceptes, des ordonnances… » Le contexte parle clairement de ce temps-ci, temps qui précède le Retour imminent de Christ sur notre planète.

L'une de mes fonctions, confirmées par l'Esprit, est de lancer une offensive spirituelle musclée et générale contre Lucifer et ses alliés en Haiti, et ailleurs.

Cette opération de poursuite de l'Ennemi se fera de la manière suivante: Investiguer tous les chefs d'Etat haitiens, morts ou vivants, PM, et haut fonctionnaires de 1958 à 2008 pour trouver ceux qui, selon les résultats de « l'Investigation du Millénium » ont violé le serment constitutionnel, l'ont abusé, ou ont tenté de le modifier, seront frappés de l'anathème du psaume indiqué. Ceux qui ont commis des abus de pouvoir en exerçant la violence, la torture, l'ostracisme contre leurs opposants politiques, seront frappés de la même malédiction divine, à moins de se repentir, même in extremis, comme le cas de l'un des larrons sur la croix (Luc 23 :40-42). Ceux-là qui n'ont pas amélioré le sort des pauvres, des malades, des sans-abris, etc, seront sujets à recevoir le même châtiment divin, selon Matthieu 25.

Les leaders responsables du mouvement Lavalas et Espoir seront tenus doublement responsables, selon l'Esprit de Dieu, d'une part pour ne s'être pas repentis après les événements entrainant la chute des Duvaliers, et d'autre part, pour avoir essayé énergiquement de ressusciter les méthodes et tactiques des Duvaliers. Le jugement de Dieu, dit le Seigneur, les atteindra inexorablement, s'ils ne se repentent pas sincèrement devant Dieu.

C'est donc pourquoi, le Saint Esprit a ordonné

a. Que tous les subalternes sur l'échelle de commandement des dits mouvements politiques aillent trouver sans délai des prêtres catholiques romains irréprochables pour confesser leurs péchés à ces derniers, obtenir l'absolution au nom du Seigneur, et s'engager à donner des fruits dignes de repentance devant Dieu et devant la nation.

b. Que les gens du peuple qui ont voté Lavalas et l'Espoir confessent leur acte à Dieu en secret, et promettent au Seigneur de ne plus participer dans aucune action politique active jusqu'au retour de Christ, car selon une déclaration faite par l'Esprit de Dieu à Son Porte-parole confirmé le 31 avril 2006, à minuit: « Le Président René Préval et son gouvernement seront sous une malédiction divine. Ils se sont accaparés d'un pouvoir qui ne leur a pas été destiné par Moi, le Seigneur. »

c. Que Tous les bourreaux du peuple haitien, étrangers et Haitiens, soient chargés de toutes les abominations et péchés de la nation à l'image du

« 2e bouc » du livre de Lévitique déjà cité. De ce nombre, on retient les noms des tortionnaires, qui commettaient des atrocités inimaginables les prisonniers taxés de « communistes » par des méthodes que seuls des démons pouvaient inventer. Il ordonnait qu'on leur laissât menottes aux bras pour des jours d'affilés, après de sauvages bastonnades appliquées aux organes fragiles du corps, ce qui arrachait aux prévenus des cris lugubres; ceux qui survivaient cette horreur avaient les deux jambes machinées (broyées) jusqu'à ce qu'ils rendent l'âme de souffrances insupportables. Que dire du Colonel X, qui avouait, en ricanant, qu'il prenait plaisir à couper les oreilles des prisonniers politiques de sexe masculin, et à enfoncer un gros bâton dans le vagin des femmes menottées, qui gémissaient jusqu'à rendre l'âme.

Qui pourrait parler des actes d'atrocité du Colonel Z, des Mr. Untel, Untel, et Untel, et de Mme Unetelle, qui crevaient les yeux aux prisonniers, leur arrachaient la langue (au moins un cas connu m'a été relaté par une source digne de foi), et des choses cruelles semblables telles que raclées avec des bâtons entremêlés de pointes de clous.

Les Archives planétaires font état d'une longue liste de noms d'hommes et de femmes, qui essayaient de se surpasser les uns les autres en commettant des atrocités infernales de ce genre au cours des 50 plus dernières années en Haiti.

On peut maintenant mieux comprendre pourquoi les Autorités du Paradis sont tellement en colère contre les infamies de notre nation qu'elles ont demandé au feu le Pasteur/Dr. Elysée JOSEPH de prendre le contrôle du pays, en tant qu'un homme de Dieu hors paire. C'est la raison pourquoi elles se sont montrés « énervées » jusqu'à tuer l'homme de Dieu auquel elles avaient donné l'ordre de changer ce système pourri en Haiti, et qui tergiversait dans l'indécision et l'atermoiement. Je tiens cette information d'une source immatérielle qui ne ment pas, avec l'autorisation de la divulguer à travers le monde.

Nous continuons ce texte en énumérant, autant que possible, les péchés nécessitant une expiation rapide et rituelle, conformément à l'ordre de Dieu, et pour satisfaire à la justice divine exigée d'Haiti. Les voici:

a. La liste de tous les chefs de section rurale en Haiti, les miliciens et Tontons macoutes, ayant trempé leurs mains dans la torture, les sévices corporels, et le sang de nos compatriotes. Le public haitien, les organisations de défense des droits humains ont la responsabilité morale à aider le Conclave à produire des listes de ce genre, qui seront acheminées devant l'Eternel via le PTH, selon l'ordre divin.

b. La liste des responsables de la CIA américaine ayant eu connaissance de tels actes. Cependant, le cas du Président Kennedy est particulier. L'Esprit dit qu'Il était un homme droit et moral. Il s'alliait à

Duvalier dans le but précis d'arrêter l'expansion du communisme dans l'Amérique latine, à commencer par Haiti, tout en laissant à François Duvalier, tyran sans foi ni loi, toute liberté d'action, pendant tout son terme comme Président aux USA. Les leaders américains postérieurs à Kennedy ont, volontairement ou non, dans la plupart des cas, encouragé, aidé, ou protégé les tortionnaires connus en Haiti, selon le témoignage de l'Esprit de Dieu.

Que le Président B. OBAMA, ordonne l'Esprit, nomme une commission incluant des représentants de défense des droits humains pour superviser l'enquête, qui viendra confirmer où infirmer les déclarations des Autorités célestes, déclarations contenues dans le Dossier Haitien dont les choses rapportées ici font partie. Une copie de la conclusion d'une telle investigation devra être communiquée au Conclave haitien, qui l'acheminera au SAT via le PTH (le prêtre du Très-Haut). Il y va du bonheur où du malheur sans précédent dont l'Amérique sera l'objet. Je sais de quoi je parle. Pendant que la commission conduit son investigation de 90 jours, cette période sera consacrée pour des témoignages dans la presse parlée des récits de tortures, d'atrocités, et autres, par des survivants, anciens militaires, et bourreaux repentants ayant vécu, vu, ou participé aux« séances d'interrogations/de tortures » en question de 1958 à 2008. L'Esprit de Dieu veut qu'à l'époque du Jubilé haitien et des expiations rituelles rien ne soit caché. Le devoir moral demande à ce qu'enfin les vivants parlent pour les morts, qui n'avaient aucune chance de faire connaître leur sort à la nation. Ce sera aussi l'occasion pour des hommes et femmes de Dieu de rapporter les paroles reçues de l'Esprit dans des songes, visions, etc. pour la nation. En effet, plusieurs années de cela, le Seigneur m'a promis : « Je ferai savoir à tous que c'est Moi qui t'ai envoyé. » On fera bien attention pour ne dire que la vérité.

Que la jeunesse du pays en prenne bonne note, et fasse tout pour empêcher que ce genre de violations criantes des droits humains ne se reproduise jamais plus en Haiti! Ce sera un mémorial année après année jusqu'au Retour de Jésus-Christ.

c. Les avocats, juges, justiciers haitiens ayant la réputation de vendre la justice pour de l'argent entrainant ainsi des innocents à encourir injustement des peines de prison, des bastonnades, des souffrances imméritées dans les geôles réputées infectes d'Haiti. En plus des hauts fonctionnaires connus comme des Homosexuels, des bi-sexuels ou des alcooliques notoires.

En conséquence,

(1) Toutes les banques, les institutions financières, businesses, et autres opérant en Haiti ou à l'étranger sont ordonnés par le Dieu Tout-Puissant d'investiguer dans soixante (60) jours, si le déposant est porté disparu ou décédé à la suite du séisme

du 12 janvier 2010. L'intégralité des comptes de ce genre doit être restituée à la nation haitienne, via le Conclave. Après six mois, le Conclave donnera un rapport des fonds récupérés, en provenance de tel pays et de tel autre. Le PTH donnera un rapport au Seigneur, puis à la nation. Le total des sommes restituées sera assigné aux projets d'adduction d'eau potable, de canalisation d'eau, d'irrigation, de barrage, et à construire des ponts sur les rivières, dans tout le pays. Les institutions, les prête-noms ayant agi avec fraude et/ou inexactitude dans cette affaire seront défères par devant l'Eternel pour un jugement approprié.

(2) Tout contrat, traité, alliance passé avec un gouvernement issu de Lavalas ou Espoir au nom du peuple haitien sera investigué, dit l'Esprit, pour vérifier s'ils ont été selon les dispositions de la Constitution, des lois du pays, de la morale et de l'éthique. Une commission appropriée sera nommée par le Conclave National et Permanent d'Haiti pour vérifier si ledit contrat est conforme aux normes citées. Car « Ces gouvernements, dit l'Esprit de Dieu, le 31 avril 2006, à minuit, et à Son porte-parole spécial, n'ont pas et n'auront jamais Mon approbation. Ils tiennent Haiti sous la malédiction. Ils sont, eux aussi, sous Mon jugement. »

Que la nation haitienne, la jeunesse en particulier, se lève comme un seul homme pour faire l'expiation du pays comme le Seigneur l'exige ici, sans en rien omettre, comme au temps de Moïse en Israël, selon les versets 21 et 22 de Lévitique 16 parlant de « tous » les péchés, de « toutes » les iniquités, et de « tous les prophètes de Baal » selon I Rois 18:40 au temps du prophète Elie en Israël.

En ce qui concerne les prophètes des forces sataniques, bocors, mambos, sorciers, lieux de culte démoniaques, généralement quelconques, qui ne monteraient pas le drapeau blanc en signe de reddition à Jésus-Christ durant le délai donné, ces gens et ces lieux seront l'objet de l'anathème lors d'une cérémonie spéciale. Aucune violence verbale ou physique ne sera utilisée contre personne. Il n'y aura aucune poursuite légale. L'action spirituelle aura suffi.

L'Esprit demande à ce que l'Eglise catholique en Haiti prenne ses distances vis-à-vis des adeptes des cultes réputés maléfiques et contre les sorciers. Qu'elle utilise les grands moyens, tels que : exhortations sévères, sanctions religieuses, excommunications, pour adresser ce genre de choses et punir les coupables. Le temps, dit l'Esprit, est au grand nettoyage précédant le Retour du Roi des rois.

Dans le contexte des expiations du Lévitique, nous comprenons que les péchés de la nation d'Israël furent seulement « couverts » par le sang des animaux. Il a fallu la venue de Jésus-Christ pour que l'expiation des péchés fût faite par Son sang versé sur le calvaire.

L'épitre aux Hébreux en dit long. Quant aux théologiens critiques qui verraient d'un mauvais œil notre ministère sacerdotal reçu du Seigneur en conformité avec Daniel 12:1, nous répondrons que: a) bien avant le sacerdoce lévitique, Melchisédec, ancien prêtre du Très-Haut officiait sous le symbolisme du pain et du vin la mort expiatoire et prophétique de Jésus (Genèse 14:18). b) Dans le Royaume, sous le leadership de Jésus-Christ, le symbolisme des fêtes et du sang animal du Lévitique réapparaitra. Voir Zacharie 14:16-21. Dès lors, quel mal y aurait-il à ce que le Maitre et Seigneur de l'univers choisisse un individu et une nation pour souligner, à une époque de transition, d'une dispensation à une autre, de l'âge de l'Eglise à l'âge du Royaume, un symbolisme qui subsiste d'âge en âge? De là, le sens de Sa déclaration: « Je ne suis pas venu pour abolir la Loi où les prophètes. Je suis venu non pour abolir, mais pour accomplir. »

Un autre fait théologique à souligner par ordre de l'Esprit, et pour conclure: les âmes qui accompagneront le 2e bouc dans un lieu désert (l'abime) resteront là pendant mille ans au cours desquels le reste de l'humanité sera sous le leadership bienveillant de Jésus-Christ, jouissant d'un bonheur jamais rêvé. Il revient donc à souligner aux anciens dirigeants haitiens de ne pas rejeter l'offre de repentance que l'Esprit de Dieu leur fait durant l'année du grand Jubilé biblique et haitien ! Faute par eux de saisir cette grâce ineffable, ils passeront 1000 ans en dehors du Royaume de Christ, emprisonnés dans l'abime en compagnie de Lucifer.

Il n'existe aucune autre alternative. Le Royaume de Dieu, seules la foi et la repentance sincère y donnent accès. Les prophètes de tous les temps, les apôtres, Jésus-Christ, l'ont clairement dit.

Il se passera qu'après les mille ans, les rebelles seront amenés devant le Tribunal du grand Trône Blanc où ils auront leur seul et dernière chance devant le Père Universel. Ceux qui, par faiblesse de volonté, par une pression exagérée du Malin, ou par un environnement peu propice, etc bénéficieront d'une situation atténuante, verront leurs noms rayés du livre de la mort pour être inscrits dans le livre de vie, et participer dans le Royaume du Père. C'est ici l'Evangile éternel, c'est ici la vérité pleine et entière. Voir Apocalypse 20 :1-15.

Nous disons alors que la renaissance d'Haiti passe forcément par la proclamation du Jubilé biblique et haitien, et que celui-ci commence avec les expiations des péchés et abominations contre la morale et la spiritualité, comme le souligne le livre du Lévitique. C'est l'essence des fonctions sacerdotales et prophétiques assignées à votre humble serviteur. Nous ne nous lasserons pas à répéter la liste des 12 groupes d'abominations avec leurs auteurs, les complices, qui exigent expiation immédiate en chargeant ces abominations sur la tête de Lucifer, avec à sa suite ses complices humains impénitents, Haitiens et étrangers, qui les ont commises, sous peine de maintenir la colère divine sur Haiti et sur d'autres nations. C'est pourquoi, l'Esprit de Dieu ordonne qu'en Haiti l'anathème soit prononcé, comme en Israël au temps de Moise, et comme exprimé dans le livre du Lévitique. Nous tenons à répéter une fois de plus les péchés commis contre la nation haitienne et leurs auteurs, selon que l'Esprit de Dieu nous les a rappelés à plusieurs reprises:

1 - Tous les chefs d'Etat haitiens, excepté Estimé et Manigat, et leurs staffs, les PM, les présidents des 2 chambres, les directeurs généraux, de1958 à 2008.

2 - Les leaders des partis politiques Lavalas et l'Espoir, ainsi que les avocats et les juges qui ont vendu la justice pour de l'argent, causant l'emprisonnement ou les mauvais traitements d'innocentes personnes.

3 - Tous les bourreaux accusés de tortures et d'atrocités sur les prisonniers, et autres, de 1958 à 2008.

4 - Tous ceux qui ont tué, kidnappé, endommagé, ou injustement emprisonné quelqu'un de 1958 à 2008, y compris les chefs de sections rurales, les chefs de la milice duvaliérienne, etc.

5 - Les directeurs de la CIA ayant fomenté les coups d'états sanglants en Haiti, signé l'ordre d'entrainer des officiers-bourreaux haitiens pour commettre les atrocités, ou pour l'avoir cautionné par leur silence ou indifférence. Ce qui a eu pour corollaire la fuite des cerveaux haitiens vers l'étranger, plus un multitude d'autres maux graves.

6 - Les pasteurs protestants qu'au moins 12 témoins crédibles accusent d'être « engagés » avec Lucifer, ainsi que les employés de l'Etat de tous les échelons accusés de démonisme par 10 personnes de la communauté.

7 - Les bocors, les hougans, les manbos, les sorciers et sorcières qui refuseront de hisser le drapeau blanc en signe de soumission et de reddition au Seigneur Jésus-Christ durant le délai indiqué, et/ou qui sont accusés par la criée publique d'avoir jeté le sort, rendu malade, tué des gens par des moyens maléfiques, exhumé des cadavres, transformé des prétendus morts en zombis ou « mangé » des jeunes et des enfants en bas âge.

8 - Les cinq (5) anciens pays colonialistes / esclavagistes qui ne respecteront pas l'agenda de restitution / réparation / dédommagement convenu avec Haiti, comme ordonné par Dieu. L'Esprit a identifié ces pays comme étant l'Espagne, la France, l'Angleterre, le Portugale, les USA (pour les griefs déjà cités). Ces pays doivent, par ordre formel du Père, envoyé chacun une délégation d'hommes et de femmes connus pour leur moralité et spiritualité avec la mission expresse et urgente de discuter avec le Conclave haitien des modalités ayant trait à l'agenda de satisfaire aux exigences de réparation/ restitution/dommages-intérêts se rapportant aux torts faits à la nation haitienne de 1492 à aujourd'hui. Si un ou plusieurs de ces pays manifestent de la

mauvaise foi, des tactiques d'atermoiement, des sophismes politiques, diplomatiques, prétendus juridiques ou philosophiques, un procès-verbal devra être rédigé par le Conclave et déposé dans le SAT par l'entremise du PTH, pour les suites nécessaires.

Nous réaffirmons l'ordre du Seigneur qu'aucune poursuite judicière ne soit intentée contre personne, ni la moindre violence verbale ou physique, sous peine d'encourir la colère divine. Ce sont des actes qui ont offensé avant tout la morale et la spiritualité, et que par conséquent une action morale et spirituelle d'envergure doit être, sans délai, mise en branle durant l'année du Jubilé, que Dieu a instituée justement pour abolir ce genre de choses au moins pour 50 ans consécutifs.

Chapitre II

LE MANIFESTE DE MICAËL II

Les archives de l'univers rédigés et tenues par des êtres immatériels assignés à cet effet, confirment les faits suivants:

- Certains anges et esprits élevés en position de leadership par les Autorités du Paradis se sont rebellés contre l'ordre du Père universel leur enjoignant de se prosterner devant Jésus-Christ, Son Fils unique, L'adorer, et Le servir. (Satan, il est écrit: « Tu adoreras le Seigneur ton Dieu, et tu Le serviras Lui seul »); (Dieu parlant à Son Fils, dit: « Que tous les anges de Dieu t'adorent »; « Que tout genou Fléchisse devant Toi. » Matthieu 4: 10; Hébreux 1:6; Philippiens 2:10). Ces rebelles ont juré sur leurs propres vies que rien ne les fera changer d'avis ni revenir sur leur décision. Par la suite, ces anges et esprit rebelles sont entrés en guerre contre le Fils Créateur en semant la pagaille dans Sa Création, en causant l'apparition des maladies, des accidents, des souffrances, des infirmités, de la mort, etc.

- Ces mêmes archives indiquent que les peuples Juif et Haïtien, qu'Israël et Haïti sont deux cibles favoris de l'Adversaire, compte tenu du rôle qu'ils sont appelés à jouer dans l'Histoire pour le bénéfice de l'humanité. C'est dans ce même contexte que cet Adversaire et ses agents ont pris plaisir à cribler les enfants fidèles du Seigneur tels les premiers Chrétiens, l'Eglise fidèle de tous les temps, l'Afrique et ses enfants, des familles haïtiennes loyales à Jésus-Christ, dont spécialement la famille Lebon Julsaint, de St Luis du Nord, Haïti, d'où est issu votre humble serviteur.

En conséquence, et pour tous ces faits et motifs, j'ai l'avantage d'informer ma nation et le monde que, conformément aux consignes de l'Archange Gabriel et de l'ordre du Seigneur, je viens de recevoir le feu vert pour:

a) Proclamer sur la terre d'Haïti le Jubilé biblique selon l'esprit du Lévitique 25:8-22, cinquante (50) ans après Duvalier et son pacte avec les démons, pacte conclu au détriment moral et spirituel d'Haïti; condamnant ainsi le pays à la dégradation rapide dans tous les domaines. Les évidences sont là pour convaincre tout le monde, y compris les plus sceptiques. L'annulation de ce pacte et la proclamation du Jubilé biblique constituent le moyen idéal pour que le pays puisse être libérer *« en plein jour, par la grande porte, et une fois pour toutes »* selon les recommandations du Seigneur;

b) Répandre dans le monde le « Dossier Haïtien » tel que l'ange me l'a apporté à l'aube du 1er janvier 2004, lequel contient les formules pour qu'Haiti soit en mesure de remplir sa « *mission prophétique, messianique, et mondiale* » selon l'Eternel;

c) Contre – attaquer les forces lucifériennes opérant en Haiti, leur faire la chasse sur toute l'étendue du territoire national. Je suis autorisé à poursuivre également les « loas » et les esprit dits « ginen » dans le folklore haitien, tels Ti sainte Anne ou Grann Sin-Tann, à l'Anse – à – Foleur, incluant d'autres esprits de leur catégorie. Ces agents luciferiens, déguisées en « anges de lumière » et pour la plupart, camouflés en diplomates étrangers, en politiciens Haitiens, en membres du clergé catholique et protestant, sont en fait des agents au service de Lucifer. Bientôt, ils seront démasques, et frappés par les anges véritables de Dieu. Je détiens à ce sujet des évidences irréfutables. Ces forces infernales kidnappèrent le général Toussaint Louverture, le condamnèrent à périr en exile, malade et enfermé dans une chambre froide; ils assassinèrent l'empereur Jean Jacques Dessalines, et mutilèrent son cadavre; ils frappèrent de paralysie physique le roi Henri Christophe, et liquidèrent ses œuvres. Ils ont fait tout dans le but d'avoir le champ libre pour décapiter la nation haitienne naissante, pour décimer moralement et spirituellement le pays à ses débuts tout en anéantissant ses visions. Aujourd'hui, j'informe le monde que les Autorités du paradis ont décrété tout récemment que l'heure est enfin venue pour la vengeance divine prédite dans les Paumes et dans la prophétie, Esaïe 61 et Malachie 4, y compris le Psaumes 1er en particulier.

d) Procéder à la réhabilitation spirituelle de Toussaint Louverture, de Jean Jacques Dessalines, de Henry Christophe sous la bannière de Jésus-Christ, selon l'esprit de la prophétie de Malachie 4:5-6 qui stipule « voici, Je vous enverrai Elie, le prophète, dit le Seigneur. Il ramènera le cœur des pères à leurs enfants, et le cœur des enfants à leurs pères. » Le St Esprit parlait précisément de ce temps –ci, temps prophétique prédit, selon le contexte.

Par le présent manifeste, l'auteur, soussigné ELJMICAEL II, a reçu l'ordre d'informer la nation haitienne et le monde que selon une enquête menée par une équipe d'êtres immatériels, le cas d'Haiti a été investigué, et les résultats sont maintenant devant le Tribunal des Anciens des Jours ou Tribunal céleste suprême. Je suis autorisé à révéler que selon les éléments de l'enquête le monde entier est mûr pour le jugement divin; le temps de la résurrection dispensationnelle doit avoir lieu sous peu, voir Daniel 12: 2-3. En fait, les puissances célestes viennent d'être saisies du « Dossier Haitien » pour faire *renaitre* le pays « prisonnier », réduit de facto en Etat-vassal, dépendant, indigent, indigne, marqué par une basse moralité et une spiritualité décadente. C'est là une constatation que tout le monde peut faire, et que l'ex-Premier Ministre Jacques Edouard Alexis a résumé en ces mots le 13 décembre 2006 devant le sénat haitien: «Diverses forces dans l'International œuvrent pour que Haiti échoue. » Ce que le premier ministre a omis de mentionner est le fait que l'International s'est engagé dans cette œuvre de sabotage d'Haiti depuis le lendemain de 1804, date de l'Indépendance du pays, et bien avant.

J'annonce en outre, et formellement par la présente à la terre entière et à Haiti en particulier que le 13 mai 2009 lors d'une visite que m'a faite l'Archange Gabriel, Chef de l'armée céleste, j'ai été commissionné officier junior des puissances alliées (êtres matérielles et immatérielles ayant fait allégeance totale et exclusive à Jésus-Christ) et opérant en Haiti. Cette visite, à Kissimmee, en Floride, fut suivie de l'ordonnance du St-Esprit le 26 novembre 2009, aux premières heures de la matinée, en Haiti touchant ma mission sacerdotale imminente en faveur du pays, ministère confirmé par divers êtres matériels et immatériels.

J'ai reçu alors pour objectifs de:

a) contre-attaquer Lucifer et ses alliés en Haiti, et sans délai, par une opération de ratissage spirituel musclée, de les poursuivre sans relâche, jusqu'à ce qu'ils soient neutralisés, en attendant qu'ils soient appréhendés et mis hors d'état de nuire dès le retour prochain de Jésus-Christ, Roi des rois, Seigneur des seigneurs, Dieu des dieux. L'anéantissement éternel sera leur sort final. « Ils auront pour châtiment une ruine éternelle. » (II Thessaloniciens 1: 9 « …l'impie, que le Seigneur Jésus détruira par le souffle de sa bouche, et qu'Il écrasera par l'éclat de son avènement » II Thessaloniciens 2: 8); « Le Dieu de paix écrasera bientôt satan sous vos pieds. » (Romains 16: 20).

b) travailler immédiatement avec l'aide du St Esprit et des puissances alliées pour l'instauration imminente de « l'Age de Lumière et de Vie » sur la planète, conformément à la prophétie de Daniel, chapitre 12: 1-3.

Je souligne à l'attention de tous que la contre-attaque n'est pas une affaire physique. Elle est avant tout spirituelle. Aucune violence ne sera impliquée.

Car « les armes avec lesquelles nous combattons ne sont pas charnelles; mais elles sont puissantes par la vertu de Dieu, pour renverser des citadelles. » (II Corinthiens 10:4). Des plaintes formelles, rédigées sous forme de procès-verbaux, seront tout simplement déposées devant le SAT, branche terrestre et symbolique de la Cour céleste, comme ce fut le cas dans l'Israël antique. Toute investigation, tout interrogatoire, toute enquête, doivent être conduits sous serment avec la main droite levée vers le trône de Dieu, le Juge Suprême, Juste, et Impartial. C'est la méthode divine de rendre justice.

Enfin, je suis avisé d'informer les enfants loyaux du Seigneur à travers le monde que toute action qu'ils entreprendraient pour contribuer à libérer ou réhabiliter

Haiti sera largement récompensée dès l'apparition prochaine, physique et en gloire du Fils de Dieu, Rois des rois. La parole de Dieu en est Sa propre garantie.

Je conclus avec cette stipulation de la justice universelle, écrite noir sur blanc dans les écrire éternelles: « Il est dans la justice de Dieu de rendre l'affliction à ceux qui vous affligent. » (II Thessaloniciens 1: 6). Les mots suivants, émanés du Seigneur quelques années en arrière, serviront de point final au présent manifeste: « Le problème d'Haiti est fondamentalement de nature morale et spirituelle. Aucun politicien, Haitien ou étranger, ne pourra nullement le résoudre, aussi longtemps que l'aspect moral et spirituel de la crise est ignoré, ou écarté, ou minimisé. »

L'auteur.

Fait en Haiti, ce 5 décembre 2009

Chapitre III

LE MINISTÈRE PROPHÉTIQUE DE ELJ MICAËL II EN HAITI.

I. MA VOCATION

Je l'ai reçue à l'âge de 6 ans. Au premier jour de l'école, à l'issue des classes, je rentrai à la maison. J'étais seul. Soudain, une voix venue de je ne sais où m'interpella en ces mots: «Emmanuel, se mwen Seyè a kap pale ak ou. Se mwen ki Met sièl ak tè a. Konsakre lavi ou ban Mwen.» Sans hésiter, je me retirai à l'écart pour prier et donner ma vie au Seigneur. Le Seigneur me dira plus tard que ce fut à cette date qu'Il avait commencé à parler avec moi.

II. A 14 ANS

Après un succès notable aux examens du Certificat d'Etudes Primaires, je reçus de mon frère ainé, le Pasteur Espérance Julsaint, aujourd'hui retraité, une bible pour cadeau. J'ai pris le soin de la lire du commencement à la fin, méthodiquement et attentivement. Les récits de la vie et du ministère du Prophète Elie tels que rapportés dans le livre de I Rois, chapitres 17 et suivants firent une si profonde impression sur moi que je me sentis poussé à faire un vœu solennel et permanent au Seigneur Lui demandant de me faire la grâce d'avoir jusqu'à la mort une communion intime avec Lui comme ce fut le cas entre Lui et le Prophète Elie d'Israël. Je conclus avec ces mots: « N'importe quand où il m'arrive à être infidèle à ce vœu, prends ma vie, en me tuant instantanément.»

III. A L'ÂGE ADULTE

Le Seigneur me dit une nuit, et dans un songe: «Les archives de ta vie confirment le fait que jusqu'aujourd'hui tu as gardé ta fidélité point par point au vœu que tu M'as fait à 14 ans. De mon côté, Moi, le Seigneur, Je vais te donner en Haiti un ministère similaire à celui que J'avais donné à Elie en Israël, le prophète que tu as choisi pour ton modèle permanent. De plus, tout comme J'ai ordonné à Moïse de libérer Israël de l'esclavage en Egypte, Je te ferai libérer Haiti de l'esclavage dans lequel les forces infernales internes et externes l'ont maintenue pour si longtemps.»

IV. LE 1ER JANVIER 2004

A l'aube, un ange du Seigneur vint me réveiller. Il me dit alors: «Voici ce que ton Père, qui est aussi mon Père, t'a envoyé.» Il me tendit alors un balai, le bâton que voici, une liasse de billets de banque et le dossier d'un prisonnier que l'Esprit de Dieu a identifié comme étant Haiti. Il me précisa que c'est seulement le St Esprit qui me fera connaître le contenu du dossier, que je dois répandre à travers le monde. Enfin, l'ange conclut par ces mots: «Avec ces choses, rien ne t'arrête plus pour commencer ton ministère sacerdotal et prophétique en Haiti.»

V. LE 13 MAI 2009

Lors d'une nuit que je passais avec des parents à Kissimmee, Floride, à l'aube du matin, je reçus la visitation de l'Archange Gabriel en vision. Il est le Chef de l'armée angélique dans les cieux. Dans la vision, il était habillé en tenue militaire haut gradé. Quant à moi, j'étais en tenue d'officier junior, et au garde-à-vous. Après avoir reçu de moi le salut militaire accompagné de remerciements, il me toucha, et me fit un geste pour m'indiquer que le moment est venu pour que je commence en Haiti ma mission prophétique et hautement spirituelle.

VI. LE 19 OCTOBRE 2009

A l'aube, l'esprit de Dieu vint vers moi pour m'ordonner d'aller trouver le Pasteur et Dr. Elysée JOSEPH avec un message spécial de Sa part pour lui dire de se préparer sans tarder pour :

a) une intervention imminente de Dieu dans les affaires d'Haiti, et

b) consacrer cet homme de Dieu, le moment venu, comme Président d'Haiti pour un mandat de 6 ans d'affilée. « Il devra, dit l'Esprit, remplacer le

Président R. Préval à la tête du pays. S'il reçoit
ton message, tu l'oindras d'huile sainte et tu le
présenteras comme Mon élu à la nation, et comme
chef d'Etat d'Haiti.»

VII. LE 5 DÉCEMBRE 2009

Durant les premières heures de la matinée, l'Esprit de
Dieu vint me parler pour m'apprendre que l'un des
buts de la visitation de l'Archange Gabriel c'était pour
« me commissionner comme 'officier junior' dans une
armée mystique d'enfants de Dieu, tout en flamme
pour Lui et remplis du St Esprit, lesquels ont fait
allégeance totale et exclusive à Jésus-Christ en Haiti et
en dehors d'Haiti », et pour m'établir immédiatement
comme « officier de liaison d'un commando mystique
des puissances spirituelles alliées » associé à cette
armée spirituelle, avec l'objectif de a) mettre en
déroute, poursuivre sans relâche, et neutraliser les
forces immatérielles et lucifériennes opérant en Haiti.
b) utiliser spirituellement le *bâton* dans ma main, la
photo de *l'arc-en-ciel* que voici, et un *psaume* qu' Il m'a
indiqué, pour chasser et frapper spirituellement toute
force d'opposition ou de sabotage contre l'intervention
divine en Haiti, c) consolider le rapprochement de tous
les fils et filles du pays autour des pères de la patrie,
Toussaint Louverture, Jn Jacques Dessalines, et Henry
Christophe, sous la bannière littérale de Jésus-Christ,
tout en restaurant la *totalité* des lieux historiques du
pays. Ce qui est conforme à la prophétie de Malachie 4
et d'Esaie 58. Tu feras cela tout en proclamant le Jubilé

biblique en Haiti, et le *rapprochement* de la plupart des religions monothéiste (les églises chrétiennes) œuvrant dans le pays. « Il arrivera, dit le Seigneur, comme au temps d'Elie en Israël, que quiconque (individu ou nation méchante ou rebelle) échappera aux 'coups du bâton', sera frappé par le 'feu de l'arc-en-ciel', et que celui qui échappera à l'arc- en-ciel aura sa part dans la géhenne, comme dans I Rois19:17, et Malachie 4:1 ».

Pour conclure, je tiens à souligner que l'une des parties de ma mission prophétique, comme je viens à peine de le dire, c'est de proclamer sur toute l'étendue du territoire nationale le Jubilé selon l'esprit du Lévitique 25:8-20.

Avec la proclamation du jubilé biblique, et seulement avec, Haiti pourra enfin être libérée en « *plein jour, par la grande porte, et une fois pour toutes* » comme l'a dit le Seigneur.

Ainsi, je demande à tous les journalistes du pays et des journalistes étrangers de garder le contact avec moi pour relayer au monde entier les décrets du jubilé pendant que cette fête fantastique, en plus «des livres du 'Dossier Haitien'» vont permettre au pays d'accomplir sa « *mission prophétique, messianique, et mondiale.* » Ce sera, m'a dit le Seigneur « le prélude à l'Avènement et au Retour physique, en puissance et en gloire de Jésus-Christ sur la terre. » Le pays et les politiciens, Haitiens et étrangers se chargeront d'un péché terrible s'ils méprisent l'appel de Dieu leur ordonnant de donner priorité à la célébration du grand Jubilé biblique et haitien.

Je vous contacterai tous pour vous informer du genre d'accueil fait à ma mission par les dirigeants du pays.

PS: au dernier moment, je tiens à informer la nation et le monde entier que le Pasteur Elysée JOSEPH, désigné par le St-Esprit comme « potentiel » président de la République en remplacement de M. R. Préval vient d'être enlevé de la terre par le Tout-Puissant lors du tremblement de terre du 12 janvier, qui a sévèrement secoué Haiti.

L'Esprit du Seigneur m'a confirmé que *l'indécision notoire* de cet homme réputé pour sa spiritualité et son attachement aux principes de la Bible dans le contexte de « l'intervention imminente » de Dieu dans les affaires d'Haiti est la cause connue et révélée expliquant la mort subite de ce serviteur. En attendant que le Seigneur révèle Son choix d'un autre serviteur de Dieu à la place de feu le pasteur JOSEPH, le prêtre du Très-Haut, Micaël II, demande à tout potentiel candidat à la présidence d'Haiti, catholique ou protestant, de ne point s'aventurer à se porter candidat pour le poste de chef d'Etat d'Haiti. Ils doivent tous attendre une confirmation de l'Eternel via Son porte-parole, Micaël II. Ce dernier a reçu cette instruction du Seigneur dans une vision en Décembre 1994: « Je te ferai connaître celui que j'ai choisi pour diriger la nation, en temps et lieu. Tu auras à le consacrer de Ma part, et à le présenter à la nation, de peur que Je ne le traite comme j'ai traité le Président Jean B. Aristide, et comme je traiterai ses éventuels successeurs non choisis par Moi. »

Ici, je vais mettre l'emphase sur une déclaration du Seigneur : « J'AI PERMIS A JEAN-BERTRAND ARISTIDE DE PENDRE LE POUVOIR EN HAITI SANS MA BENEDICTION POUR QUE SON CAS SERVE D'EXEMPLE A CEUX QUI VIENDRONT APRES LUI, ET QUI NE S'HUMILIERONT PAS DEVANT MOI, NI NE RECHERCHERONT MA BENEDICTION. ILS ECHOUERONT TOUS MISERABLEMENT, ET NE POURRONT RIEN POUR SORTIR LE PAYS DE LA CRISE CHRONIQUE DANS LAQUELLE LES FORCES DE TENEBRES INTERNES ET EXTERNES L'ONT PLONGE ET MAINTENU. »

Conséquemment, ajouta le Seigneur : « TOUT ASPIRANT CHEF D'ETAT HAITIEN QUI NE RECEVRA PAS LA CONSECRATION DE TA MAIN EN TA QUALITE DE MON PORTE-PAROLE COMME LE FUT LE PROPHETE ELIE EN ISRAËL (I ROIS 19 :15,16), N'AURA NI MON APPUI NI MA BENEDICTION POUR DIRIGER HAITI. »

Chapitre IV

UN MESSAGE UNIQUE EN SON GENRE

Dans un autre livre, THE LAST VOW OF A GRAY-HAIRED SPIRITUAL WORRIOR, qui paraitra dans un proche avenir, mes lecteurs liront des épisodes où j'ai décrit avec assez de détails les épreuves, les persécutions, le mépris et le rejet que j'ai essuyés de la part de mes frères de religion et de la plupart de mes amis. La solitude et la retraite pour étudier, méditer, et prier ont été pour moi, et pour plus de vingt-cinq ans un refuge permanent. C'est maintenant le moment de souligner à l'attention de ma nation et du monde quelques grandes dates qui ont marqué et déterminé mon ministère:

D'abord 1997. C'est l'année où j'ai reçu l'ordre de Dieu de me rendre à Orlando, en Floride pour organiser dans cette ville un service de jeûne et de prière en vue de la libération spirituelle d'Haïti. C'est à cette occasion qu'une servante de Dieu s'est approchée de moi pour confirmer mon nom spirituel de « Micaël II » qu'elle m'a dit avoir reçu l'ordre de Dieu de me le souligner selon Daniel 12:1. A noter que quelques jours après, je fus enlevé au ciel en vision, où j'ai entendu et vu le Père Eternel donner l'ordre à Son Second, Jésus-Christ, d'aller prendre le dossier d'un prisonnier qu'Il appelle Haïti, de «travailler sur ce dossier afin de libérer le prisonnier en question, *en plein jour,* dit-Il, *par la grande porte,* et *une fois pour toutes.*»

Ensuite 2003. Ce fut en été de cette année-là que le Seigneur me demanda de Lui réserver un seul et même lieu sacré pour être en même temps un Sanctuaire, un Autel, un Tribunal de justice divine (le SAT) où j'exercerai, comme Moise le faisait pour Israël dans le Tabernacle, un ministère en faveur d'Haïti et en faveur du monde. C'est là que je déposerai devant le Seigneur un procès-verbal contre quiconque a dans le passé, ou aura dans le future, causé du tort à Haïti, à Israël ou à l'Eglise fidèle de Jésus-Christ; contre tout dictateur cruel dans le monde; contre quiconque s'en prend à une nation Arabe désireuse de vivre en paix avec Israël; contre quiconque entreprendrait une campagne de haine, de racisme ou de génocide contre une communauté de Noirs quelque part dans le monde, etc. Selon ce même ordre, c'est là que j'exercerai en permanence un tel ministère sacerdotal jusqu'au retour de Jésus-Christ, selon la prophétie de Daniel à laquelle j'ai déjà fait allusion.

2007-2008. C'est au cours de cette année que l'ordre divin me fut donné de « refaire et célébrer », à minuit du 14-15 août 2007, sans trompette ni tambour, la cérémonie du Bois Caïman « revue, corrigée, augmentée », selon le rite de Melchisédek, rite observé par Jésus-Christ pour faire la rédemption/libération du monde. Au cours de ladite cérémonie, l'Esprit m'annonça qu'Il en a pris note.

Peu de temps après, j'ai reçu l'ordre de me rendre dans le Nord d'Haïti, plus précisément dans la ville du Cap pour organiser deux référendums, en janvier 2008, précisément en janvier et juillet 2008, auprès du public nordien. L'Esprit de Dieu peut certifier que les gens du Nord ont répondu affirmativement aux deux questions qui leur ont été adressées:

1 - Voulez-vous que Jésus-Christ soit le Roi d'Haïti?

2 - Voulez-vous que Jésus-Christ prenne contrôle du pays pour le diriger par le biais de Ses fidèles serviteurs?

Dans les deux occasions, les gens du grand Nord ont, dans l'immense majorité, répondu par un oui retentissant sur les antennes de Radio Nirvana. Trois jours après, le Seigneur m'a dit dans un songe: « Le Nord a parlé pour le pays entier. »

C'est fort de la réaction des gens du Nord et de la communication subséquente du Seigneur que je me présente aujourd'hui devant ma nation au nom du Seigneur, en ma qualité de prêtre du Très-Haut ou prêtre Melchisédek.

Que dès aujourd'hui, les Haïtiens de partout commencent à lever la tête et à faire des plans pour venir participer aux événements extraordinaires qui vont se passer dans le pays. On peut aussi faire courir le bruit que l'ancien « frère Manno », leader de la jeunesse de l'Eglise Baptiste de Port-de-Paix et de Saint-Louis-du-Nord; ancien élève au Lycée Tertullien Guilbaud, à Port-de-Paix au temps du directeur Ménélas Bordes, du censeur Loubert Régner, des éducateur Nestor Calixte et Théophile Pierre, dit Maitre Theo; ancien élève au Collège Evangélique Maranatha au temps du Pasteur-directeur Claude Noel, de l'éducateur Pierre Chaplet, et du prof. Rémy Mathieu; ancien élève de la classe de Philo au Lycée Toussaint Louverture en 1973-74, à Port-au-Prince au temps des éducateurs: Mr. Verna, de La Frente, Ti Lou ; ancien étudiant, puis éducateur à l'Ecole Evangélique de la Bible, à Bolosse; ancien rédacteur au Bulletin du Concile des Eglises Evangéliques d'Haïti; ancien pasteur-associé aux cotés de son frère ainé le Pasteur Espérance Julsaint à l'Eglise Baptiste du Tabernacle, à l'avenue Christophe, Port-au-Prince.

Tous les gens ici mentionnés ont contribué à ma formation académique. Dieu les a mis sur mon chemin comme des modèles à imiter. Oui, l'ancien « Frère Manno » est aujourd'hui de retour en Haïti, sous le nom spirituel de « Micaël II » après plus de 25 ans vécus à l'étranger, dans un silence et dans une retraite imposés par Dieu pour une « préparation spirituelle intensive » en vue d'une mission semblable à celle de Moïse et du prophète Elie. A travers ce ministère, il proclamera, au nom de Jésus, *en dehors de la politique traditionnelle*, et dans la puissance du St. Esprit, comme ces deux hommes l'ont fait en Israël, le jubilé biblique en Haïti. Ces événements, pour le moins surprenants, conduiront à la purification spirituelle et à la renaissance du pays, et précipiteront du même coup, la réhabilitation de Toussaint Louverture, de Jn Jacques Dessalines, de Henry Christophe (Malachie 4 v.6) sous la bannière de Jésus-Christ, de manière à ce que Haïti, plus attirante, plus envoûtante que la « Perle des Antilles » d'autrefois, soit en mesure d'accomplir sa *mission prophétique, messianique*, et *mondiale*, comme prélude au retour physique, en puissance, et en gloire, de Jésus-Christ sur la terre! Ces événements, je le dis avec emphase, vont se passer en Haïti. La terre entière en sera témoin, en particulier les sept (7) nations choisies par Dieu pour fraterniser avec Haïti jusqu'à Son retour sur la planète. Ma présence devant vous aujourd'hui en est la garantie, au nom du Seigneur de l'univers!

Je dis ceci avec la plus grande emphase: C'est ici le moment où jamais pour tous les fils et filles d'Haïti dignes de ce nom de s'unir pour faire honorer le « Dossier Haïtien » reçu d'un ange de Dieu, et envoyé à la nation par les deux plus grandes autorités de tout l'univers: Dieu le Père et Son Fils Jésus-Christ! Seul Israël au temps de Moïse a eu un tel privilège dans toute l'histoire humaine. Compatriotes Haïtiens, prenez la chose à cœur, hâtez-vous d'y réfléchir, et agissons sans perdre une minute ; peuples du monde entier, observez l'évolution d'Haiti à partir de l'année du Jubilé.

En plus du message destiné au Président Préval, des paroles de l'Eternel sont adressées au Congrès américain, à l'ONU, à l'OEA, et à des politiciens haitiens collectivement ou individuellement. Le message-clé: Haïti, longtemps « prisonnière » est en passe d'être libérée par le Seigneur Jésus, sur l'ordre exprès de Son Père, et que le pays est sur le point de proclamer le grand Jubilé biblique. Et qu'en conséquence, il serait sage de leur part de lire mes écrits et d'observer de loin sans interférer, de regarder à distance sans intervenir, que sur invitation formelle, sous peine d'irriter le Roi de gloire et d'être frappés par Sa colère, selon le Psaume 2.

Pourquoi ai-je cité par leurs noms des entités politiques internationales dont la plupart de gens ont peur ou tremblent en y faisant seulement allusion?
Raison? Parce que j'ai reçu l'ordre du Seigneur dans des songes et des visions appuyés par la prophétie biblique que ces centres névralgiques de pouvoirs mondiaux ont un avenir très sombre. Ils représentent la géante statue à laquelle Daniel fait allusion au chapitre 2 de son livre, ils représentent l'arbre gigantesque que symbolise l'impie et l'orgueilleux Nébucadnetzar, lequel typifie les leaders de la plupart des grandes puissances actuelles, et dont parle le même prophète au chapitre 4 du même livre. L'arbre va être coupé, la statue réduite en poussière.

Le Seigneur a parlé. A présent et déjà, je lance un appel solennel aux représentants des étudiants du pays, aux représentants des Médecins Sans Frontières, à ceux des organisations de défense des droits humains pour qu'ils fassent des arrangements pour contribuer à la libération d'Haiti la prisonnière. Le Dieu du ciel et de la terre prendra note de leurs actions bienveillantes.

A noter que toute forme de représailles contre Haïti dans le cadre de l'intervention de Dieu en sa faveur sera considérée comme une déclaration de guerre contre le Seigneur Tout-Puissant. Le pays de Jésus-Christ et de Jn Jacques Dessalines deviendrait un champ de bataille où Goliath et David s'affronteraient, selon le récit de I Samuel 17: 31 et suivants avec les mêmes résultats connus. Les mêmes causes produisant toujours les mêmes effets.

La presse transmettra à la nation et au monde mes prochaines communications, spécialement en ce qui concerne la date de la proclamation du Jubilé biblique et des autres événements majeurs en Haïti y relatifs, de même que la réaction de l'International et des politiciens réactionnaires et impies.

P.S 1
Ce texte a été rédigé le 17 octobres 2009, l'ordre de le publier a été reçu du Seigneur le 26 Janvier 2010, « avec une légère mise à jour » pour tenir compte de la mort subite du Pasteur Elysée JOSEPH.

Chapitre V

L'HAITI DE LA FIN DES TEMPS: UNE RELATION EXCEPTIONNELLE AVEC LE SEIGNEUR DE GLOIRE.

Le lecteur notera que les choses qui vont être dites n'ont jamais été adressées à aucune autre nation, ni à aucune autre occasion dans l'histoire, sinon qu'a Israël, dans une certaine mesure. Le fait est que l'humanité n'a jamais été aussi proche du temps de la fin que nous le sommes aujourd'hui. Même David et Salomon, en Israël, au faîte de leur gloire, n'ont eu qu'un aperçu prophétique du temps présent. Il a fallu attendre « jusqu'au temps de la fin », comme l'a exprimé le prophète Daniel (12:4). Il a fallu l'arrivée des déracinés africains faits esclaves par des colons européens pour plus de trois siècles, esclavage qui se termina par la première révolution noire de ce genre, avec pour conséquence directe l'indépendance de ces esclaves africains dont le « Seigneur qui entend toujours les malheureux qui crient » est en droit de réclamer la paternité légitime ce mouvement historique d'émancipation. Mes fonctions de « prêtre Melchisédek » me mettent en position de savoir que Dieu, dans Sa souveraineté a choisi Haiti pour être un phare dans le monde au moment où Israël va connaitre les « douleurs de l'enfantement ; que les USA, par orgueil et dégradation morale et spirituelle, vont connaitre une chute soudaine ; que l'Eglise de Jésus-Christ va être l'objet de châtiments sans précédent ; que les nations du monde vont faire l'expérience du « commencement des douleurs » que Jésus a prédit.

Sur le soir d'une civilisation qui s'éteint, les petits-fils de ces esclaves originaires de l'Afrique noire, sont en train de lever la tête pour recevoir du Dieu Tout-Puissant une mission additionnelle, cette fois-ci messianique, prophétique, et mondiale, semblable à la mission de Moïse et à celle du prophète Elie, en Israël. Les pages finales suivantes vont l'exposer aux lecteurs haitiens et à ceux du monde. En effet, le Jubilé, donné par Dieu à Israël par le biais de Moïse, va être proclamé en Haiti. Il contient des lois fondamentales et des décrets désignés exclusivement pour Haiti, le tout basé sur l'esprit et/ou la lettre du Lévitique 25:8-20 et que le Tout-Puissant veut qu'ils soient proclamés en Haiti durant l'année du Jubilé. Plus tard ces mêmes lois seront promulguées dans tous les pays de la Planète Terre dès l'apparition du Roi.

Sans plus attendre, nous démarrons. Que l'on retienne son souffle!

A. Lois Fondamentales du Grand Jubilé, Selon le Lévitique 25:8-20.

Le Tout-Puissant compte l'année du Jubilé haitien à partir de l'année 1958, date de la prestation de serment de François Duvalier comme président d'Haiti. Cette date 1958 marque le pacte conclu entre Duvalier et satan selon lequel ce dernier assurerait toutes sortes de sécurité au régime sanguinaire pour obtenir en contrepartie trois « avantages »: du sang humain sur une base périodique, l'institutionnalisation du démonisme, la pratique de l'homosexualité-bisexualité.

Maintenant, le temps est venu selon le plan divin, d'éradiquer les séquelles infernales du régime-Duvalier et de l'après-Duvalier en Haiti. Comme au temps d'Israël, c'est le but du Jubilé d'opérer un tel changement fondamental, radical, et sur une échelle nationale, morale, et spirituelle, par :

a. La Montée du Drapeau Physique du Royaume de Dieu sur la Terre d'Haiti.

Au début de l'Histoire universelle, un événement tragique eut lieu. C'est par recoupement de certaines bribes ici et là à travers la Bible, et par quelques révélations de témoins fidèles que nous pouvons avoir un exact compte-rendu des faits. En grande partie, nous répétons ici ce qui a déjà été dit dans un chapitre précédent. Nous apprenons en somme que l'un des anges puissants, qui était très proche des Autorités du Paradis, connu sous le nom de Lucifer, reçut à un moment donné une communication interplanétaire venu du Père Eternel ordonnant à tous les anges et esprits de se prosterner devant Jésus-Christ, le Fils unique du Père pour L'adorer et Le servir. Cette mesure, n'ayant pas plu à Lucifer et son staff, ils décidèrent de se rebeller contre les Autorités du Paradis qui furent à l'origine du décret. Une grande révolte s'en suivit. Au cours de la guerre, Jésus-Christ et le chef de Son armée, l'Archange Gabriel, avait un signe de ralliement, le Drapeau du Royaume du Père; Quant à Lucifer, et le chef de l'armée rebelle, Satan, ils avaient leur propre drapeau. A la fin, ils furent misérablement vaincus, et précipités sur la terre, attendant l'anéantissement final.

Je fus étonné quand au cours d'une conversation avec un homme de Dieu, il m'apprit que Dieu lui a indiqué, par révélation, les couleurs du Drapeau du Royaume, qui, continua-t-il, va devenir celui d'Haiti. Cela confirma la parole que j'ai reçue du Seigneur des années en arrière!

Dans tout conflit militaire, le drapeau joue un rôle très significatif. C'est par le drapeau que l'une des parties en lutte manifeste sa présence, et son droit de facto sur le terrain récupéré. Et en reprenant ce terrain, le vainqueur affirme sa victoire en implantant son drapeau sur le sol capturé à l'ennemi. Ce que la bouche de Dieu a toujours dit (Lév. 25:23; Psaume 24:1), le Drapeau viendra le confirmer.

En reprenant, par avance, Son droit légitime sur un coin de la planète Terre, le sol d'Haiti, Jésus-Christ suit le procédé naturel et bien connu des êtres matériels et immatériel: l'implantation du drapeau du vainqueur. En hissant cette bannière sur Haiti, le Créateur signifie à tous qu'Il reprend ce coin de terre comme Il avait pris Canaan dans le passé. Et qu'en conséquence le cas d'Haiti est un signal pour informer Ses ennemis et l'humanité entière que la défaite finale et l'anéantissement définitif de toute opposition à Son règne est imminente (Luc 19 :27) !

Maintenant que Lucifer et ses forces vont être poursuivis en Haiti selon le manifeste exposé au chapitre II, Jésus-Christ et l'Archange Gabriel ont estimé opportun que le Drapeau du Royaume de Dieu soit hissé sur toute l'étendue du territoire national d'Haiti, à commencer par les centres de pouvoir impie, le palais national, l'ex Grand Quartier-général, le palais de justice, la Primature, l'ancien Fort-Dimanche. Cela servira à donner un message clair, et sans équivoque aux forces de ténèbres que le Royaume, qui les avaincus, est sur le point de compléter Sa victoire, en Haiti maintenant, et sur la planète, ensuite. Haiti fera donc figure de pays-pilote et de phare, selon la volonté souveraine et suprême du Seigneur de l'univers. L'Esprit tient tellement à coeur l'événement qu'Il m'a ordonné de solliciter du Conclave qu'il écrive des lettres d'invitation à sept (7) nations désignées pour qu'elles viennent représenter le monde entier pour cette occasion plus qu'extraordinaire. Et en cette occurrence, elles recevront le salut de l'Armée Indigène Restructurée d'Haiti (l'AIR). A leur tour, les 7 nations choisies présenteront le salut militaire au Drapeau du Royaume de Dieu dans un défilé militaire conjoint. Les nations désignées par l'Esprit sont, par ordre alphabétique: Le Canada, Cuba, la grande Chine, l'Egypte, la Hollande, la Suisse, le Vénézuela. Parmi les délégations étrangères, la chrétienté du monde sera représentée, dit l'Esprit, par le Prés. Jimmy Carter, sa femme, et Andrew Young Sr. Le moment venu, plus en sera dit.

La montée de ce Drapeau sur le sol haitien sera un événement palpitant pour la planète, et qui sera chargé d'émotions fortes dont tout œil trouvera une joie indescriptible à voir, même à distance. Les serviteurs du Maitres seront en extase.

b. Loi de l'Elargissement de tous les Prisonniers haitiens, y compris les zombis.

L'Esprit de Dieu ordonne qu'avec la proclamation du Jubilé biblique, tous les prisonniers en Haiti soient relâchés, sous trois conditions: serment devant deux représentants de son culte qu'il ne récidivera jamais, acceptation d'un nouveau nom, apprentissage d'un nouveau métier en vue de donner de l'avancement à la société ou à l'humanité. Cette loi concerne aussi toutes sortes de prisonniers, y compris les enfants ou individus systématiquement maltraités, les femmes objets de violence physique, etc.

c.   Loi du retour au pays et dans sa famille de tous les émigrés.

Plus sera dit un peu plus loin, et à ce sujet. En attendant, soulignons que cette lois concerne aussi une campagne à entreprendre pour retrouver les enfants ou adultes perdus depuis longtemps, ou kidnappés, ou pris en charge, et qui cherchent à retrouver leurs parents, mais sans succès.

d.   Loi de la repossession des biens et des terres par leurs propriétaires légitimes.

Durant l'année du Jubilé biblique, le Conclave et les comités locaux des Douze sont autorisés par Dieu à appliquer avec équité la repossession de tout ce qui a été pris par la force. Témoins crédibles, anciens documents, serment devant l'Eternel, sont autant de moyens pacifiques et légaux pour faire valoir son droit à ses possessions à récupérer. Dans le cas où un bien illégalement acquis a été valorisé durant le temps de sa perte par le possesseur légitime, une commission de témoins sera crée pour dédommager l'ancien maitre.

Les personnes s'étant illégalement établies sur des lieux historiques, devront évacuer ces lieux sitôt la remise en place des anciennes bornes. Ces lieux et les biens des ex-mandataires du pays seront gérés par le Conclave.

L'Esprit m'a dit qu'Il me fera savoir à quel moment aborder les contentieux haitiano-dominicains.

B. Les Décrets du Jubilé Haitien.

Les décrets du Jubilé haitien, basés sur l'esprit du Lévitique 25, sont donnés par Dieu à Haiti pour résoudre les aspects les plus criants du problématique haitien de manière à placer le pays sur la voie d'une solution à la crise sempiternelle de la nation. A la différence des lois fondamentales qui seront un jour appliquées par toute autre nation choisie par Dieu, les décrets sont donnés exclusivement en ce temps-ci à Haiti pour leur application.

a. L'Enterrement de Duvalier, du Duvaliérisme; le Dénombrement des Victimes Connus, et de Celles du Séisme du 12 Janvier 2010; les Statues Représentant Hitler et Duvalier.

Duvalier, selon le « Dossier Haitien », a été l'incarnation du mal, et l'architecte de l'effondrement moral et spirituel d'Haiti. Ce n'est pas étonnant que l'Esprit ordonne qu'au temps du Jubilé haitien, sa mémoire et son influence disparaissent une fois pour toutes de la pensée et de la culture haitiennes. L'Esprit continue pour dire qu'à cette occasion, toutes ses victimes, disparues ou assassinées, soient dénombrées lors d'une cérémonie spéciale, et qu'une statue symbolisant sa condamnation éternelle soit érigée à côté d'une autre symbolisant Hitler portant chacun un écriteau significatif que des Juifs et des Haitiens s'arrangeront pour mettre en place. Les statues, érigées la tête en bas, enverront un avertissement claire aux anti-sémitistes, aux nations, et aux potentiels aspirants-tigres du même genre. Des informations particulières seront données plus tard.

b. Proclamation de l'Inviolabilité d'Haiti dans son Espace Aérien, Naval, et Terrestre. Départ non Négociable du Pays de toutes les Forces Militaires Etrangères, des Services de Renseignement et d'Espionnage au Service de l'Etranger.

Vu les expériences qu'Haiti a faites durant son histoire, l'Esprit du Seigneur ordonne qu'avec la proclamation du Jubilé, le pays adopte la loi de l'inviolabilité de son territoire dans son intégralité. Par la même occasion, toute force militaire, dit l'Esprit, aura un délai de 21 jours pour quitter le pays, ceci, sans négociation, sans condition. Cette mesure concerne aussi les services d'espionnage travaillant pour l'étranger.

Tout contrevenant a cette loi divine sera châtié d'une manière surnaturelle, et sans grâce, de même que toute représailles contre la nation ou contre un de ses fils.

c. Décret Relatif aux Changements Suivants:

(1) Le nom du pays. Haiti sera désormais connue sous le nom de « Royaume de Quisquéya » et ses habitants serontappelés«Quisquéyens »et« Quisquéyennes ». Ce qui est conforme à la prophétie d'Esaïe 62:2: « On t'appellera d'un nom nouveau, que la bouche de l'Eternel déterminera. »

(2) L'hymne national du pays. Un « cantique nouveau » reflétant les expériences du pays avec Dieu sera entonné par la nation: « Triomphons, chantons d'allégresse, réjouissons-nous devant Dieu. » Ce sera conforme à Apocalypse 5:9.

(3) Le nouveau statut moral et spirituel du pays. Le territoire haitien est dès ce jour déclaré « inviolable » et « consacré » au Roi dans son espace aérien, maritime, et terrestre. Quatre versets-leitmotiv seront à l'occasion adoptés en permanence. Un code de lois divines, appelé « Code d'Ethique du Royaume de Quisquéya » sera ratifié par le Conclave, et permettra à Haiti de devenir aussi puissante qu'Israël l'était au temps de David.

(4) Décret sur la décente de certains drapeaux spécifiques sur toute l'étendue du pays pour faire place à des drapeaux blancs. Cette mesure s'applique également aux drapeaux de culte satanique ou de forces militaires étrangères d'occupation. Les drapeaux blancs, symbolisant la reddition et la soumission à Jésus-Christ, Roi des rois, Seigneur des seigneurs, Dieu des dieux, seront hissés par les

prêtres des homforts à travers le pays. Sept jours après, le Drapeau du Royaume de Dieu sera hissé sur tout bâtiment public, en particulier devant le Palais national endommagé, devant le palais de justice, le grand Quartier General, la Primature, l'ancien Fort-Dimanche, puis sur tout le pays. Ce sera le premier événement decette nature dans l'histoire de cette planète. Ce sera le prélude tangible du Retour imminent de Christ. Ces bâtiments endommagés et désaffectés serviront d'attraction touristique avec le témoignage permanent du jugement de Dieu, qu'ils symboliseront.

d. Décret relatif à la formation de la Commission de Moralité et de Spiritualité, conduisant l' « Investigation du Millénium » enquêtant sur les erreurs et abus estimés calculés associés au secours destinés au pays à l'occasion du tremblement de terre du 12 janvier 2010. Avec la collaboration exceptionnelle des « Filles de la Sagesse » cette commission passera au peigne fin les cas d'abus grossiers perpétrés contre la nation, ou contre ses fils, ou contre ses intérêts par des fonctionnaires de l'Etat, des organisations étrangères ou autres.

e. La proclamation du décret ordonnant le changement de lieu pour la capitale de la nouvelle Haiti.

A noter que toute menace ou représailles contre Haiti seront contrées avec la plus grande rigueur par l'Armée commandée par l'Archange Gabriel. Cette mesure s'applique à tout pays réfractaire ou cherchant à saboter les présentes lois bibliques et décrets haitiens.

f. Proclamation des Cérémonies de Pose de Première Pierre

(1) Pour la restauration du Palais à 365 Portes à la Petite Rivière de l'Artibonite.

Jean-Jacques Dessalines, l'un des pères de la nation haitienne, une fois son corps mutilé et enseveli, tomba dans l'oubli pour deux siècles. Mais avec la proclamation du Jubilé en Haiti, l'Esprit de Dieu ordonne que spirituellement il renaisse de ses cendres, comme Toussaint Louverture et Henry Christophe, conformément à l'esprit de la prophétie de Malachie 4. De plus, l'Esprit de Dieu ordonne que le Palais à « 365 Portes » en ruine, mais restauré soit le siège des objets et documents sacrés ou soumis devant la Justice divine par le PTH. Ce local restauré abritera aussi l'Arche d'Alliance et le SAT. Ces choses-là, aucun pays de la terre, Israël exepté, ne les a jamais vues, pas même de loin. Elles seront stationnées en Haiti, par ordre du Dieu Tout-Puissant. Seul l'Israël antique, au temps de Moïse et d'Aaron, a eu ce privilège béni.

Soit dit au passage qu'au Retour du Roi, le général Alexandre Peton et d'autres héros de la patrie seront honorés lors d'un grand banquet national. Voir Mathieu 8:11.

(2) Pour Le Jardin des nations.

En m'ordonnant de commencer ce ministère sacerdotal en Haiti, le Seigneur me demanda de faire le voyage (USA-Haiti) avec le signe de l'arc-en-ciel qu'Il m'avait miraculeusement donné. Il continua à me dire que j'aurai à faire dans le pays à peu près la même chose que fit Noé, excepté que des arbres fruitiers remplaceront les animaux: un arbre fruitier à planter pour chaque nation dans un vaste jardin, embelli et attractif. Le message: Chaque nation va être bouleversée. Mais dans Sa grâce, Dieu lui permettra de survivre, et durant l'époque du Millénium, tel un arbre, elle fleurira sous la bénédiction divine, et portera des fruits savoureux pour la gloire du Seigneur Jésus-Christ. Plus en sera dit le moment venu.

(3) Pour Les centres des vœux de la Jeunesse du pays à Jésus-Christ.

La jeunesse haitienne, à la différence de celle de beaucoup d'autres pays, n'a connu dans sa vie que misère, privations, déceptions, et chagrins. L'Esprit de Dieu, dans une vision en 1989, m'a montré une multitude de jeunes Haitiens des deux sexes, et remplis du St-Esprit, à tel point que même Satan s'étonna de ce que Dieu avait tant de jeunes consacrés à Lui. C'est pourquoi, Dieu m'a demandé de bâtir 3 centres de vœux dans le pays où des jeunes viendront Lui faire des demandes spirituelles spéciales, et pour la vie durant.

L'un de ces centres sera consacré à la mémoire de Miss Clara Hess, une missionnaire américaine affiliée à l'UFM (Unevangelized Field Mission) jusqu'à sa retraite et sa mort en 2008. Elle travaillait sans relâche pour voir les jeunes servir le Seigneur. Le deuxième centre sera consacré à la vie de Mme John Schmid, aussi missionnaire américaine de l'UFM. Aidée de son mari, John Schmid, elle a occupé plusieurs postes dans sa vie comme servante de Dieu. J'ai essayé plusieurs fois de la contacter, mais sans succès. Enfin, le troisième centre sera consacré à la mémoire de Pasteur/Dr.Elysée JOSEPH. Celui-ci est mort lors du séisme du 12 janvier 2010 sans avoir vu la libération d'Haiti, comme promise par Dieu. Cet homme a eu un ministère d'une envergure spirituelle que très peu d'Haitiens pourraient égaler. L'Esprit veut que même après la mort, le Pasteur Elysée JOSEPH continue l'œuvre inachevée, qui portera beaucoup de fruits.

g. Décret Relatif à la Proclamations du Retour à la Patrie de tous les Haitiens de la Diaspora.

(1) Avec cette proclamation, le Dieu du ciel et de la terre demande le concours de tous les pays du monde pour qu'ils aident avec le retour en Haiti des Haitiens de la Diaspora, y compris les Juifs messianiques, qui pour des affinités spirituelles avec Haiti, voudraient séjourner chez nous comme leur patrie d'adoption, en attendant l'Arrivée ou le Retour imminent du Messie, Jésus-Christ.

La plupart des pays fourniront des navires et d'autres moyens de transport massif, y compris des moyens financiers et logistiques à cet effet, comme au temps du départ d'Israël de l'Egypte. Avec le Jubilé, ce retour est obligatoire, imposé par Dieu, sans condition (Lévitique 25 10), comme au temps de Moïse. Les pays hôtes sont requis de faire des dons en nature ou/et en espèce aux immigrants haitiens en partance (Genèse 12:35-36). Une grande cérémonie officielle d'adieux sera organisée pour grandiosement annoncer, avec reconnaissance à Dieu et aux pays-hôtes, le départ des refugiés/émigrés haitiens en direction d'Haiti (Psaume 14 :7).

Dans chaque ville a grande concentration d'Haitiens, un comite local ad hoc d'hommes et de femmes recommandables s'arrangera, en dehors des « roulibeurs » pour préparer en bon ordre le départ de nos compatriotes. Les médias seront invités à couvrir l'événement.

A Miami, capitale de la Diaspora haitienne, l'événement devra être particulièrement à la fois émouvant et joyeux. L'Esprit ordonne que l'Evêque Guy Sansariq soit invité à se joindre à la soeur Marie (Juste), l'éducateur Exulien (Mr.Zin) pour prendre la parole tour à tour au nom de la communauté haitienne pour dire quelques mots à la foule, selon l'inspiration de leur coeur. Le Rév. Jesse Jackson, donnera l'allocution de circonstance. Le Frère Gaudin Charles, ancien directeur de la Radio 4VEH, donnera un discours d'une ½ heure d'horloge pour exhorter les intellectuels haitiens à rejeter les attitudes du passé consistant à mépriser, à passer en dérision, à moquer les choses de Dieu. Ce qui a entrainé le mépris de Dieu sur eux, selon la prophétie de I Samuel 2:30. La cérémonie prendra fin en remerciant les autorités et les citoyens des tous les pays-hôtes pour l'assistance reçue pendant les années difficiles d'adaptation et d'orientation. Ce sera la responsabilité de l'éducatrice Florence Bastien.

Un comité ad hoc local fixera un agenda spécifique pour chaque ville considérée.

Enfin, qu'on se rappelle que selon l'ordre du Seigneur, qu'une copie-vidéo de la cérémonie organisée à Miami, Floride, y compris les différents discours, soit conservée dans le SAT pour les prochains 250 ans, même après le Retour du Seigneur.

Le Professeur/Dr. Gérard Comfort, aidé d'une équipe d'hommes et de femmes, fera une liste de tous ceux-là qui ont véritablement, et sans contrepartie, soutenu la communauté au cours des ans. La liste sera acheminée au PTH, par le biais du Conclave, pour être présentée au Seigneur en vue des récompenses divines promises aux âmes généreuses, vis-à-vis d'Haiti et d'Israël, en particulier, a précisé le Maitre.

Les communautés haitiennes de toutes les autres villes étrangères en feront de même.

Deux ou mêmes trois jours pourront être consacrés à ces adieux officiels des émigrés haitiens retournant au bercail, à l'occasion du grand Jubilé biblique et haitien, par ordre du Père Eternel.

Durant l'année du Jubilé, l'Esprit ordonne que le prix de toutes choses en Haiti soit chuté de 50%, qu'il s'agisse de produits importés ou fabriqués localement, du coût des billets d'avion, au prix des pièces de rechange, ou des tissus et chaussures ou des produits agricoles. Aucune fraude ne sera acceptée, tout doit être inclus, sans aucune exception. Le Conclave retiendra les compagnies et individus prêts à négocier avec Haiti sur cette base.

Aussi, avec le Jubilé, le Seigneur réclame Son droit sur toutes les terres en Haiti (Lévitique 25:23-24) Seul un dédommagement minimal sera payé pour les terres et biens immeubles destinés à la réhabilitation du pays ou pour l'établissement des colonies de Juifs messianiques. On doit aussi noter que l'année entière (12 mois) sera consacrée au Jubilé. Le PTH, en consultation étroite avec Dieu, informera la nation de toute éventuelle modification qui tienne compte du temps et des circonstances humaines.

Plus sera dit sur ce sujet le moment venu.

Les anciens professeurs de toute discipline, devront s'organiser, avec la collaboration des compatriotes du pays, pour relever le niveau de l'éducation académique en Haiti tout en mettant l'accent sur la moralité, la spiritualité, et la piété. Cela permettra au système éducatif haitien d'égaler d'abord, puis de surpasser celui des pays les plus avancés du monde. Tous les dons et talents seront appréciés et utilisés dans le cadre de la renaissance de la nation.

(2) Un repas dit repas de bienvenu pour accueillir tous les Haitiens et Juifs messianiques revenus de la Diaspora, selon les instructions divines. Ce repas sera fait de cassave et du thé de baume. Il apportera consolation divine et inspiration pour commencer la vie nouvelle dans la nouvelle Haiti. Les églises du pays coordonneront ces repas dans chaque ville.

(3) Les immigrants venus de la Dominicaine et des Bahamas contrôleront et dirigeront la construction de cités neuves répondant aux normes adéquates pour loger le flot des gens retournés de la longue Diaspora. La restauration de tous les lieux historiques, à commencer par les bâtiments en ruines construits par les pères-fondateurs de la patrie, jouira une considération spéciale.

h. Annonce dans les médias nationaux et internationaux de la Première Convention dans la nouvelle Haiti de la race Noire.

Ce va être la première de son genre depuis la création de l'homme sur cette terre. Cette convention se fera en

3 parties: D'abord, la phase de préparation; ensuite, la phase secrète, réservée à 24 pères et mères de la race pour un tête-à-tête confidentiel avec le PTH au cours de laquelle ils recevront la primeur des informations envoyées par le Seigneur à la race, et qui auront des effets pour plus de mille ans à venir. Après cela, ces informations secrètes seront rendues publiques sous peu; enfin la phase publique, ou les délégués seront réunis pour entendre les divers orateurs. L'Esprit veut que des noms soient convoqués pour cette circonstance extraordinaire, tels que l'Evêque Desmond Tutu, le Ministre Louis Farakan, le Pasteur Jeremia Right, le Cardinal africain de foi catholique romain, basé à Rome, etc

A mesure que la date s'approche, des informations seront données par le PTH et le Conclave. Des lettres seront envoyées à des orateurs spéciaux et à des journalistes, anciens ou actuels. Plus sera dit sur ce sujet palpitant! Mais déjà, j'ai reçu le mot du Seigneur pour que le Conclave invite Oprah Windfrey, Caroll Sympson, et un des fils de feu Martin Luther King, etc à former un comité de 12 membres pour venir en Haiti coordonner l'événement, ensemble avec le Conclave. L'Esprit ordonné que l'Evêque Desmond Tutu de l'Afrique du Sud soit le maitre de cérémonie; que le Ministre Louis Farakan prononce le discours d'ouverture; que le Pasteur Jeremia Wright donne un compte-rendu sommaire sur la situation présente de la race à travers le monde; que l'allocution finale soit prononcée par le Cardinal africain de foi catholique romaine.

N.B.

En quittant un pays d'accueil dans la Diaspora pour le retour définitif au Royaume de Quisquéya, le Quisquéyen ou la Quisquéyenne devra mettre un temps à part pour lui/elle et sa famille en vue de remercier Dieu d'avoir assuré sa sécurité, sa protection, et sa survie hors du sol natal. Tout de suite après, il/elle convoquera chez lui/elle trois indigènes du pays-hôte, des gens qui soient de probité et de moralité éprouvées. En présence de ces personnes, le compatriote en instance de départ, fera deux lots contenant ses biens : un lot qu'il transportera avec lui/elle ; un lot qui sera mis en vente. Entre 3 et 7 jours avant la date de son départ, si des acheteurs ne se présentent pas, il/elle fera une dernière estimation du prix des biens meubles et immeubles qu'il/elle laissera derrière lui/elle. L'estimation doit être juste, et conforme au prix courant sur le marché ordinaire, en plus d'être faite en présence de témoins qui donneront conseilles et suggestions. Le prix ainsi estimé de chaque objet et le prix total de toutes choses à laisser seront notés sur le document-feuille de papier de dimension 8 1/2 par 11. Quand tous sont d'accord, ils signeront ensemble un document dans lequel le nombre total, la nature, et le prix estimé de chaque objet à laisser est indiqué sans la moindre rature ni altération une fois le document signé contenant le prix total et estimé des biens laissés. Le compatriote en détiendra trois copies.

Tout compatriote de la Diaspora retournera dans le Royaume de Quisquéya avec un tel document, qui ne doit subir aucune altération après apposition des signatures.

Les personnes âgées et les infirmes précéderont les autres.

Trois jours/nuits après les premiers moments de retrouvailles, et avoir mangé le « repas d'accueil », l'ancien exilé/réfugié ira visiter le siège du comité local de sa ville, accompagné de 2 ou 3 membres de sa famille retrouvée. Là, il soumettra au comité une copie du document dont je viens de parler. Sans délai, le comité acheminera ledit document au Conclave National et Permanent pour toutes fins utiles après avoir pris bonne note du montant total des biens laissés et du lieu exacte où l'ancien émigré a quitté lesdits biens. Cela fait, le représentant du comité local acheminera le document au PTH, qui le présentera au Seigneur dans le SAT.

Tout Juif messianique laissant la Diaspora pour s'établir dans la nouvelle Haiti suivra le même procédé.

i. Le dernier Décret : la période des vœux à l'Eternel.

Par ce dernier décret du Jubilé, Haiti sera connu dans l'Histoire comme un pays de la planète où, dans le cadre d' un grand réveil moral et spirituel, le peuple du pays est entré dans une nouvelle alliance perpétuelle avec Dieu, par des voeux se rapportant à des aspects divers de la vie, depuis la chasteté avant le mariage, la rupture avec l'homosexualité/bisexualité ou des vices du même genre, le vol professionnel, le démonisme, le mensonge, pour aboutir à la promesse de consacrer son enfant au Seigneur ou d'autres vœux ou alliances personnels avec Dieu, comme la plupart des personnages bibliques, Anne, la mère du prophète Samuel, par exemple.

N.B.

Les 4 textes que le Seigneur donne à la nouvelle Haiti comme leitmotiv:

1. Deutéronome 18:10-11: « Qu'on ne trouve chez toi personne qui exerce le métier de devin, d'astrologue, d'augure, de magicien, d'enchanteur; personne qui consulte ceux qui évoquent les esprits ou disent la bonne aventure, personne qui interrogent les morts. »

Les hougans, mambos, bocors, les sorciers et sorcières de toutes catégories, les « loas » été sprits « Ginen », sont tous concernés par cette disposition divine.

2. Deutéronome 27:25: « Maudit soit celui qui reçoit un présent pour répandre le sang de l'innocent. » Les assassins, les kidnappeurs, leurs complices, de loin ou de près, sont tous concernés.

3. Lévitique 20: 13: « Si un homme couche avec un homme comme on couche avec une femme, ils ont fait tous deux une chose abominable; ils seront tous deux punis de mort. Leur sang retombera sur eux. »

Les abominations-déviations sexuelles, incluant l'homosexualité, la bisexualité, la trans-sexualité, l'acte sexuel entre femmes. Que mes lecteurs consultent mon livre « GOD, SATAN, AND SEX » pour en savoir plus. Personne manifestant ces tendances ou commettant ces actes ne sera mis à mort, pas même persécuté ou dénigré, suite à la mort de Jésus-Christ. Mais une campagne d'éducation, de cure d'âme, d'aide mentale et spirituelle sera entreprise à travers le pays pour adresser ce problème.

4. Zacharie 5:3: « Tout voleur sera chassé d'ici. Tout parjure sera chassé d'ici. » Les fonctionnaires de l'Etat de tout niveau, ayant juré sur la Bible, sont particulièrement visés.

Je dois souligner qu'avec la mort de Jésus-Christ, la pénalité qu'entrainent les violations de la loi exprimée ici n'est plus en force. Les coupables invétérés, impénitents, seront frappés de l'anathème pourvu par l'Esprit du Seigneur, dans le cadre de Sa colère et vengeance.

Et maintenant, je dis avec la plus grande emphase qu'en m'ordonnant de proclamer ces décrets en Haiti, le Seigneur insiste que je Lui rapporte toute réaction contraire, spécialement toute déclaration contradictoire émanée d'un soi-disant prophète, prophétesse, ou autre. Il m'a dit qu'Il n'a envoyé personne d'autre que moi pour répandre le « Dossier Haitien » dans le monde, à commencer par Haiti. Il m'a dit que l'ange n'a remis ce dossier qu'à moi, votre humble serviteur, exclusivement.

Ainsi donc, que tout prétendu prophète, prophétesse, ou autre s'applique le verset de I Corinthiens 14:32, qui stipule: « les esprits des prophètes sont soumis aux prophètes. » Cela, afin d'éviter le courroux de Dieu, comme dans l'affaire des fils de Koré, Dathan, et Abiram, comme rapporté dans Exode 16.

Je vais bientôt conclure. Les mots qui suivent formeront le commencement de la fin du livre. Ce n'est autre qu'une vision que j'ai reçue de Dieu quelques années en arrière: « *Quand tu verras ces choses arriver en Haiti, avec la puissance de Mon Esprit, dis à Mes enfants dans le monde de se préparer à Me rencontrer. Car ce sera un signe tangible de Mon Retour physique imminent sur la terre.* » Et « *ces choses* » commencent avec la proclamation du Jubilé biblique et haitien, à travers le pays d'Haiti, telles qu'exposées dans le présent livre.

NOTE FINALE AUX CHRETIENS DES USA

Pendant ces deux dernières décennies, la politique étrangère américaines, sauf durant les administrations Carter et Clinton, a conduit la majeur partie du monde à tourner le dos aux Américains, excepté naturellement, les hypocrites, les flatteurs, et ceux qui sont indifférents aux violations des libertés humaines, et des principes moraux et spirituels rigides. Le jour où l'Amérique découvrira ce fait, il aura été déjà trop tard. Toutefois, l'Amérique, en tant que nation, peut se repentir et s'humilier devant Dieu, sans le moindre délai, comme Ninive l'a fait au temps de Jonas. C'est ce que m'a dit l'Esprit de Dieu.

Mais quant à vous, individus Américains, serviteurs de Dieu, et vous autres vivant dans la plupart des pays de l'Occident, et qui sont fidèles la Parole de Dieu, j'ai reçu l'ordre du Tout-Puissant d'intercéder, non seulement pour votre protection auprès du Père, mais aussi d'intercéder pour vos frères et sœurs Américains qui, au cours de l'histoire de l'Amérique ont fait montre de grandeur d'âme, de compassion, et de libéralité envers les autres, d'une manière insurpassée par nul autre peuple.

Que Dieu, dans les jours de jugement à venir, se souvienne de ces actes de bonté des citoyens Américains et les leur impute à justice!

L'Esprit du Seigneur m'a demandé de vous annoncer solennellement que comme Il avait donné des instructions pour la survie et la protection des disciples de Jésus-Christ lors de l'invasion romaine à Jérusalem en 70 A.D., de même cette fois-ci, votre sécurité sera assurée d'une manière surnaturelle. Mes prières d'intercession monteront vers Dieu en votre faveur. Cela fait partie du nom et du ministère que j'ai reçus du Seigneur, conformément à Daniel 12:1.

APPENDICE

Je rends gloire à mon Dieu pour le fait que non seulement Il m'a remis le « Dossier Haitien », mais aussi pour le fait que je suis en train de le mettre sous forme de livre pour être publié dans le monde, conformément aux ordres reçus de Lui. Pour un temps assez long, le Malin a tout fait pour retarder la parution du présent livre: maladies consécutives, frustrations décevantes, absence de moyens matériels et logistiques, furent tour à tour essayées par le Malin pour me dissuader. Quelques années de cela, le Seigneur me montra dans une vision qu'Il se réservait une multitude de jeunes, des deux sexes, en Haiti. Satan, pour sa part, s'étonna de voir une si grande multitude en flamme pour le Seigneur. Comme au temps du prophète Elie, en Israël, le Maitre a une foule de jeunes en Haiti. C'est à eux, en particulier, que j'adresse ces mots: Dieu a un plan fantastique pour notre nation. Satan a eu la chance de jouer le premier. Le Malin, après avoir mis Haiti hors de combat, Jésus-Christ intervient pour la consoler, panser ses blessures, raviver ses forces pour la rendre capable de jouer aux cotés du Seigneur, le « Cavalier qui part toujours en Vainqueur et pour vaincre! ».

En rentrant en Haiti avec des ordres et le Dossier reçu, j'ai tout fait pour attirer l'attention de mes compatriotes sur ma mission particulière. Personne n'a répondu aux appels lancés. N'étant membre d'aucune organisation religieuse, affilié à aucune église ou mission, n'est pas pour favoriser les choses. Mon ministère est celui d'un porte-parole de l'Eternel. Par conséquent, je dois respecter textuellement les consignes de Celui qui m'a appelé.

Il y a quelques jours, l'Esprit m'a indiqué que le temps est venu pour que je contacte la jeunesse du pays, et celle de la Diaspora haitienne. Car, m'a-t-Il souligné « J'ai une réserve de jeunes dans le pays. » C'est donc pourquoi je m'adresse à vous, à ce tournant de ma mission dans le pays et pour le pays, jeunes consacrés au Maitre.

Unissons-nous pour passer à l'action avec une bonne coordination, dans la puissance de l'Esprit. Notre agenda, selon le « Dossier Haitien », est de mettre en place, dans toutes les villes du pays, les Comités de Douze, composés exclusivement d'hommes et de femmes des plus recommandables. C'est le point #1 à l'ordre du jour. Faisons-le rapidement, tout en appliquant fidèlement le processus indiqué par le Seigneur, et exprimé dans ce livre.

Jeunes Haitiens en Haiti et dans la Diaspora haitienne, vous avez en 2010, ou pas longtemps après, le privilège de vivre en un temps fascinant de l'histoire humaine dont Haiti, notre patrie commune, va jouer le rôle de modèle à imiter dans le nouvel ordre des choses que signalera le Jubilé. Ceci, par décret divin.

J'ai toujours travaillé avec la jeunesse évangélique, comme ce livre le certifie. Mon dernier poste en tant que président de la jeunesse remonte aux années '70, et àl' Eglise Baptiste du Tabernacle, à l'Avenue Christophe, à Port-au-Prince, en Haiti. J'ai toujours mis l'accent sur la mission qu'il incombe à la jeunesse chrétienne d'accomplir en Haiti, pour la gloire de Dieu.

Nous voici, aujourd'hui, au pied du mur. Les politiciens Haitiens ont collectivement et honteusement échoué; le parlement s'est montré ouvertement inefficient en face de sa mission historique; quant à l'Etat, il est, comme tout le monde l'affirme, pratiquement inexistant, immoral, et impie. Bref, le pays s'est effondré physiquement, moralement, et spirituellement.

Il nous incombe, à vous et à moi de passer à l'action, pour honorer le nom du Seigneur, et du même coup pour honorer la mémoire de nos principaux ancêtres, Toussaint, Dessalines, Christophe. C'est à vous et à moi de relever le défi sempiternel, et de contribuer, par la puissance du St-Esprit, à faire revivre Haiti. Que dis-je? A donner à Haiti la vitalité et l'énergie indispensables pour qu'elle prenne son élan, et faire reculer l'horizon!

Que l'année 2010, ou un avenir proche, soit l'heure du réveil moral et spirituel d'Haiti dont l'histoire universelle se souviendra jusqu'à l'instauration de l'Age d'Or sur la planète. Que les forces encore morales et spirituelles du pays saisissent l'année du grand Jubile biblique pour rejeter la mort et choisir la vie « une fois pour toutes »!

Tout comme Esdras l'a dit aux Juifs après l'exil à Babylone, et devant les murailles en ruine de Jérusalem: « Levons-nous, et bâtissons ».

Que la miséricorde éternelle du Seigneur soit avec nous tous! Merci.

L'auteur.

NOTE ULTIME:

Les nonnes de la congrégation religieuse dite des « Filles de la Sagesse », ayant joué le rôle spirituel initial dans ma vie, de 6 à 13 ans, l'Esprit m'a ordonné de faire appel à une équipe de 12 d'entre elles pour des Tâches Spirituelles de Haut niveau ayant trait à la Justice Divine.

a. Compiler les informations se rapportant à l' « Investigation du Millénium » sur tous les chefs d'Etat haitiens, les P.M, les directeurs généraux, et présidents des deux chambres, de 1958 à 2010. Les ex-présidents Estimé et Manigat seront exceptés, par instruction du Père. Les cas marqués « VIOLATIONS GRAVES DE LA CONSTITUTION ET DE LA LOI MORALE OU SPIRITUELLE » seront déférés au PTH via le Conclave pour les suites nécessaires.

b. Compiler des informations se rapportant à l'aide humanitaire destinée aux victimes des divers fléaux ayant frappé Haiti, pour déterminer si oui ou non les secours sont allés vers les victimes, y compris celles du 12 janvier 2010.

Cette investigation, une fois complétée, sera remis au Pasteur-Professeur Charles Poisset Romain qui convoquera les citoyens remarquables Frankétienne, plus cinq autres, y inclus Mme Odette Roy Fombrun pour entendre le rapport, et y faire des remarques.

Finalement, l'ex-Président Jimmy Carter, sa femme, Mme Rosalyn Carter, et Andrew Young Sr, seront invités en Haiti pour entendre le rapport, particulièrement les passages relatifs à René Préval, Aristide, les anciens officiers-bourreaux, etc, et des personnalités de la CIA Américaine incriminées dans le rapport pour certifier son impartialité et son bien-fondé. Au-delà de 1958, l'Esprit ordonne de mentionner sur le procès-verbal des individus impliqués « REMIS AUX SOINS DES GARDIENS DES ARCHIVES CELESTES, FAUTE DE TEMOINS HUMAINS OCCULAIRES ET AURICULAIRES. »

c. Confectionner la réplique matérielle du « Drapeau du Royaume de Dieu », lequel sera le premier à être hissé sur un pays de la planète Terre.

Il est bien de noter que les personnes appelées à remplir une tâche spéciale, dans le cadre du Jubilé, mais qui sont dans l'impossibilité physique de répondre à l'appel, ou sont décédées seront remplacées par d'autres jugées dignes par un comité local ad hoc en Haiti ou dans la Diaspora haitienne.

En règle générale, les chrétiens sont exhortés à rester indifférents et en dehors de la politique traditionnelle des nations. Ce genre de politique serait bien d'être définie comme « basse politique ». Mais, en deux occasions, le 31 mars 2006, vers 6h 30 a.m. et le 13 mai 2009 j'ai reçu des Autorités du Paradis l'ordre d'exhorter les chrétiens pour qu'ils commencent à s'intéresser à la « haute politique », celle qui vient du Père des Lumières (Jacques 1:17). Ce genre de politique, la dernière, sera prêchée en Haiti jusqu'au Retour imminent du Roi des rois. Cela est conforme à la prophétie de Daniel 2:44 et de l'Apocalypse 11:15.

Comme dit précédemment, le manuscrit du présent livre a été partiellement rédigé dès l'année 2002 en Floride. A partir de 2004, le Saint-Esprit a commencé à m'aviser d'y faire des additions tenant compte du « Dossier Haitien » apporté par l'ange en vision, selon le récit rapporté ici.

Enfin, ce n'est qu'après les événements du 12 janvier en Haiti, que j'ai reçu du Seigneur le feu vert pour insister sur sa parution. Il a fallu, selon l'Esprit, y ajouter certains faits, certaines informations, certaines instructions très utiles pour la nation ou pour le monde.

Cinquante ans après Duvalier, le Duvaliérisme, et l'après-Duvalier, Haiti, comme tout le monde le sait, est au bord de l'abime. Une pluie de maux s'abat sur le pays. Dans plusieurs songes et visions, j'ai reçu de l'Esprit l'ordre de retourner au pays pour y proclamer **le grand Jubilé biblique du Lévitique 25:8-24.** Le 18 juillet 2010, entre 3 et 6h p.m., aux Gonaïves, une grande marche religieuse ouvrit officiellement l'année du Jubilé biblique (juillet 2010-juin 2011) pour le pays entier. Dès ce jour-là, qu'on veuille l'entendre ou non, les idées majeures de LIBERTE, de REPOS, de RELACHE que prônent le Jubilé biblique sont désormais inscrites dans l'agenda pressant de Jésus-Christ pour Haiti, par ordre de Son Père.

Que le monde entier prenne note que les jours, les semaines, et les mois qui viennent seront un temps de jugement de Dieu sur les politiciens haitiens, sur leurs complices étrangers, et sur les nations méchantes désireuses de maintenir le statu quo en Haiti! Je sais ce dont je parle. Bientôt, le monde en sera convaincu.

Tout de suite après l'ouverture du Jubilé aux Gonaïves, je reçus du Seigneur l'ordre d'avertir la nation ainsi que tous les politiciens et organisations indigènes et étrangères de ne plus poursuivre le processus électoral à peine en cours, sous peine d'entrer en conflit ouvert avec Jésus-Christ dont le programme de restauration et de réhabilitation d'Haiti est diamétralement en opposition avec le but visé par les politiciens haitiens de connivence avec l'International. Les principaux acteurs n'ayant cure, j'ai dû donner un rapport au Seigneur. J'ai reçu pour réponse qu'Il va frapper de Sa colère **les politiciens haitiens et leurs alliés et complices, le CEP, l'International. Seule une repentance sincère de ces acteurs pourrait détourner la colère divine sur eux.** J'ai reçu alors l'ordre de les traduire devant le Tribunal de Justice divine. Cela eut lieu aux Gonaïves, à l'aube du 21 octobre 2010. Le jugement divin va les atteindre, sauf s'ils se repentent sincèrement devant Dieu. Le monde en sera témoin. Je reprends : les groupes ou personnes désignées comme coupables et complices par le St-Esprit dans le « Dossier d'un Prisonnier » présentés dans les pages de ce livre, vont être jugés par Dieu pour les torts et dommages faits au pays, à moins qu'ils se repentent sincèrement et sans délai.

Plus tard, l'ordre me fut donné dans le cadre du Jubilé biblique et haitien, de procéder à deux choses de très haut niveau spirituel: a. lier un jouet animal-ours représentant Lucifer (Daniel 7:5), de le lier, et de le jeter dans un trou d'égouts plein d'ordures et de saletés aux Gonaïves. Cela, pour envoyer un message clair et sans équivoque au monde invisible sur le sort imminent qui attend Lucifer, les anges rebelles, et les mortels, nations et individus, qui les suivent (Apocalypse 20:10,15). b. mettre sur pied une organisation nationale pour recevoir, pour des cas individuels et pour le pays, la restitution immédiate et totale dont parle le Jubilé biblique dans le Lévitique 25:8-24. Le mouvement a vu le jour à Grand-Goâve, le 5 décembre 2010, sous le nom de PROGRAMME CHRETIEN DE RESTITUTION ECONOMIQUE ET SOCIALE A L'OCASION DU JUBILE BIBLICO-HAITIEN DE 2010 dont (PROGRES) est l'acronyme. Il vise avant tout à affranchir tous ceux qui en Haiti, et durant les cinquante (50) dernières années, ont été victimes de persécutions sataniques conduisant à la pauvreté matérielle; les victimes d'abus, d'injustice, de vol ayant provoqué la détérioration de leur condition de vie. L'Esprit demande à ce que Haiti, en tant que nation, soit inclue parmi les victimes dont on a pillé les possessions depuis l'époque coloniale et que l'on tient en esclavage jusqu'à cette heure! Pour toutes ces victimes de *satan*, des *politiciens haitiens*, des *grandes puissances* vient l'année du Jubilé (juillet 2010-juin 2011) dont les mots-clés sont LIBERTE, REPOS et RESTITUTION pleine et entière selon les principes bibliques du texte cité.

Que les yeux se tournent donc vers Haiti, terre où beaucoup d'actions vont se passer à l'approche de l'Avènement du Seigneur! Le rideau est déjà levé!

Je le dis tout haut, en parlant au nom du Seigneur : les forces sataniques opérant dans le pays n'a qu'un objectif en vue, à savoir, maintenir Haiti dans la pauvreté abjecte, dans la dépravation morale et spirituelle. En témoignent leurs actions pendant les derniers 50 ans, sinon depuis notre indépendance et bien avant. Ces forces sataniques essaieront de saboter la proclamation du Jubilé biblique en Haiti.

DE PEUR QUE NUL N'IGNORE NI N'OUBLIE LES FAITS ET LES MEMORIALS SUIVANTS:

HAITI, septembre 2009

I. LES TROIS (3) PRINCIPAUX PERES DE LA NATION HAITIENNE ET LEURS RAPPORTS AVEC LA DIVINITÉ.

Ils sont trois, les plus marquants. Ce sont: Toussaint Louverture, Jean Jacques Dessalines, Henry Christophe. Ils ont été tous les trois connectés avec l'armée indigène. Toussaint a fait carrière, d'abord comme médecin de l'armée, recherché pour sa connaissance étendue des plantes médicinales et de son expertise à remettre en état les os fracturés; ensuite, il fut élevé au rang de « gouverneur général de l'île entière ». Dessalines fut un génie militaire qui fait rappeler les guerriers bibliques, Josué et Gédéon. Henry Christophe n'a eu pour égal que le général Dessalines, son chef hiérarchique qui le signala à Toussaint. En plus de cela, son don d'organisateur, et sa discipline légendaire le prédisposait à fonder le royaume du Nord dont le rayonnement étonnait l'Angleterre, l'une des puissances coloniales esclavagistes de l'époque.

L'étude attentive de la vie de ces héros-pères permet à toute âme impartiale et soucieuse de vérité historique d'en venir à la conclusion suivante:

a. *Ils étaient des prophètes. Ils annonçaient, de leur vivant, l'avenir lointain de la nation haitienne. Que l'on prenne pour exemple les paroles prophétiques de Toussaint sur les « Trois Pavillons » qui l'amenait en exile en France. Qu'on y ajoute la témérité et la clairvoyance de Jn Jacques Dessalines qui agissait comme 'voyant l'invisible' et qui communiquait cette flamme et cette fougue à ses troupes, soit à la Crète-à-Pierrot, soit à Vertières, flamme et fougue qui allaient engendrer l'épopée de 1804. Tous les trois croyaient dans la transcendance de la vertu et pratiquaient une morale quasi austère illustrée par la vie ascétique de Toussaint, leur chef a tous. Altruisme, civisme, dépassement de soi, noblesse de caractère étaient prêchés par ces illustres hommes par la parole autant que par l'exemple.*

b. *Ils étaient des illuminés. Ils voyaient l'horizon par-delà les vicissitudes du moment. Ils avaient donné à la nation la constitution de 1801, ils se sont signalés à la bataille de Savanah, où ils ont reçu décorations et récompenses. Leurs prouesses et actions sublimes sont innombrables. Ils ne croyaient ni dans la faillite ni dans l'échec.*

c. *Ils croyaient tous dans la Divinité, celle qui leur enseignait que le mal ne peut enfanter que le mal, que le bien finira tôt ou tard par conquérir toute puissance ténébreuse. Ils en ont donné la preuve et l'exemple. Témoin: 1804, un 1804 que bien malheureusement leurs postérité ont démérité, justement pour n'avoir pas su imiter les valeurs que ces héros-pères prônaient et appliquaient comme style de vie.* **Dans leur égarement et ignorance,** *certains vont jusqu'à prétendre que 1804 est le résultat de la collaboration de nos ancêtres* avec les « *loua vodou* ». *Rien n'est plus faux. C'est plutôt une insulte à ces pères-héros, qui étaient enseignés que « le voleur ne vient que pour dérober, égorger, et détruire » (Jean 10:10). Le voleur, selon le contexte, n'est autre que satan, les louas et esprits rebelles et déchus. Les colons esclavagistes, pour leur part, étaient sous leur influence. Les actes criminels que posaient ces colons confirmaient cela. Mais quant à Toussaint, Dessalines, Christophe, Bookman, Mackendal, et les autres, ils étaient guidés et éclairés par les forces de Lumière pour contrecarrer, le moment venu, les actions malfaisantes et cruelles des forces de ténèbres dans la colonie de St-Domingue.* **Je détiens cette information d'une source immatérielle qui ne trompe jamais.**

Il y a quelques années, votre humble serviteur a reçu une communication céleste m'ordonnant de proclamer le Jubilé biblique du Lévitique 25:1-24 sur Haiti toute entière, en dehors de la politique séculière et traditionnelle. Quelques mots-clés identifient cette ancienne festivité donnée d'abord et seulement au peuple juif par l'Eternel, et par l'entremise de Moïse. Ces mots sont: LIBERTÉ, REPOS, RELACHE, et RESTITUTION.

La Divinité compare Haiti à une prisonnière condamnée à mourir sans secours véritable. La même Divinité m'avisa de remettre en honneur les idéaux des pères de la patrie et de restaurer les vestiges des patrimoines de ces disparus dont nous parlons, de manière à ce que la jeunesse du pays retourne à ses racines, selon la prophétie biblique de Malachie 4:4-6.

L'année 2010 pourra bien être l'année du grand Jubilé biblique pour Haiti, la prisonnière, condamnée à mourir sans appel par certaines puissances occidentales à mentalité néo-colonialiste. En célébrant le grand Jubilé biblique, Haiti, une fois encore, et après plus de deux siècles d'une histoire mouvementée, finira par « réveiller » la conscience de la plupart des peuples de l'Occident qu'en 1804 elle avait commencé seulement par « éveiller. »

Après avoir assigné les acteurs politiques haitiens morts et vivants devant le Tribunal céleste, en ma qualité de prêtre Melchisédek, l'Esprit me demanda ce qui suit : « Dis à tous les politiciens haitiens ainsi que les hauts fonctionnaires de l'Etat qui sont encore en vie de se repentir devant Moi pour tous les torts faits à la nation. Dis-leur, poursuivit-t-Il que tout cœur contrit et brisé obtiendra de Moi le pardon. La repentance sincère ouvre la porte du Royaume et produit la vie éternelle. Que le cas du repentir de l'enfant prodigue soit pour eux un exemple à imiter (Luc chap. 15).Qu'ils se tournent vers Moi, le Seigneur de miséricorde, et soient sauvés ! (Esaie 12 :1 ; Psaume 51 :19) Dis enfin à tous que s'ils font la sourde oreille pour maintenir le statu quo en connivence avec l'International et empêcher ainsi que Mon grand Jubilé soit célébré à travers le pays, j'enverrai la honte et l'opprobre sur eux, a moins qu'ils se repentent. Le monde entier le verra. » Ainsi m'a parlé l'Esprit de Dieu à plusieurs reprises.

Ce fut en 2004, le 1er Janvier, à l'aube, que j'ai reçu d'un messager céleste « Le Dossier Haitien » ou «Le Dossier d'un Prisonnier » avec ordre de le répandre dans le monde avant la 'fin du monde', m'a souligné l'être immortel qui me parlait en songe. Cinq (5) livres inspirés de ce Dossier sont maintenant prêts pour la publication. J'ai rédigé deux en Français, et deux en Anglais. Le 5ᵉ est une adaption en Créole du premier.

En voici les quatre (4) sous-titres:1.HAITI: D'UN ETAT FATRAS A UN ETAT GLORIEUX...A LA GLOIRE DU SEIGNEUR. Thème: la restauration d'Haiti par la proclamation du grand Jubilé biblique, selon la parole de l'Eternel. 2. LE CODED'ETHIQUE DU ROYAUME DE QUISKEYA. Thème: manuel de comportement pour la vie morale et spirituelle des citoyens de la nouvelle Haiti. 3. GOD, SATAN, AND SEX. Thème: pratiquera-t-on le sexe sur la terre après le Retour de Jésus-Christ? Pour la première fois, un livre à arrière-plan religieux contient tant de surprises pour jeunes et adultes, et pour les hommes et femmes, de la jeunesse à la vieillesse. 4. THE LAST VOW OF A GRAY-HAIRED SPIRITUAL WARRIOR. Thème: autobiographie de l'auteur, votre humble serviteur. On y trouvera, entre autres, une pétition sacerdotale en 25 requêtes ou le cas des puissances colonialistes, esclavagistes, néo-colonialistes est déféré devant la justice divine, par ordre de l'Esprit de Dieu.

« Publishers » are wanted. Que des traducteurs professionnels, des imprimeurs, distributeurs, nous contactent sans délai pour la circulation sur grande échelle de ces ouvrages, conformément au message apporté par le messager céleste. Ces livres, qui précéderont l'Avènement de Jésus-Christ, auront l'effet d'une vraie révolution, totalement pacifique. En effet, selon Dieu « Le Jubilé est le moyen que J'ai choisi pour permettre à Haiti de remplir sa mission prophétique, messianique, et mondiale. »

II. ANNONCE A LA NATION HAITIENNE ET AU MONDE

PORT-AU-PRINCE, 5 JANVIER 2011

Je soussigné, ELJ Micaël II informe le pays qu'en janvier et juillet 2008, et sur ordre exprès de Dieu, j'ai organisé deux référendums auprès des populations du Nord sur les antennes de Radio Nirvana émettant au Cap-Haitien. Les gens du Nord avaient à répondre à deux questions: 1. Voulez-vous que Jésus-Christ soit le Roi du pays d'Haiti? 2. Voulez-vous que Jésus-Christ dirige le pays par le biais de Ses serviteurs fidèles?

Aux deux questions, les gens du Nord ont répondu massivement par un « oui » retentissant. Peu de temps après, dans un songe, le Seigneur Tout-Puissant m'a appris que « les gens du grand Nord ont parlé pour le pays entier.». L'année dernière, après une autre mission au Cap, et en instance de retourner à Port-au-Prince par un ricochet à St-Louis du Nord, ma ville natale, je reçus les mots suivants du Seigneur: « Le grand Nord avait parlé pour le pays entier; maintenant ce va être le tour de la ville des Gonaïves de poser des actes pour la nation entière. »

Aujourd'hui, en ma qualité de prêtre Melchisédek par vocation depuis l'âge de 6 ans, vocation confirmée par une foule de témoins mortels et immortels, j'annonce au monde entier que j'ai été conduit par le Saint-Esprit à poser des actes pour la nation aux Gonaïves, des actes de portée spirituelle très profonde. En particulier: 1. L'ouverture solennelle le 18 juillet après midi de l'année du grand Jubilé biblique, selon le Lévitique 25:8-24 pour Haiti (juillet 2010-juin 2011) par une grande marche chrétienne à travers les rues de la ville pour se terminer sur la place d'armes, 2. Simulation spirituelle de l'arrestation de Lucifer représenté par un animal-objet (un ours, selon Daniel 7:5) et emprisonnement de cet animal, les pattes liées, dans un trou d'égouts de la ville où sont jetées les impuretés et saletés de la zone. Cela traduit le sort qui attend Lucifer, tous les démons, et tous les esprits malins dès le Retour prochain de Jésus-Christ, selon l'Apocalypse 20:2-3, et 3. Assignation devant le Tribunal céleste de la classe politique haitienne du passé et du présent, de l'International, du CEP, de l'ONU, de l'OEA, et de certaines nations agissant comme des malfaiteurs vis-à-vis d'Haiti. Ils seront tous, et pas longtemps, sévèrement et divinement jugés pour les torts et dommages révoltants faits à Haiti, selon les informations que je détiens des Autorités du Paradis.

Je réitère à tous que je serai toute ma vie un prêtre Melchisédek selon le nom spirituel que Jésus-Christ et Son Père m'ont donné (Voir Daniel 12:1). Ce nom « Micaël » et les fonctions sacerdotales correspondantes sont « pour toujours ». Donc pas de place pour la politique séculière ou traditionnelle. Appelé comme Moise et Elie en Israël pour un ministère à incidences politiques (Malachie 4:4-6), je suis chargé de restaurer en priorité l'état moral et spirituel de ma nation. Les 5 manuscrits-livres rédigés par votre serviteur et dont 3 portent le titre LE DOSSIER D'UN PRISONNIER présentent le cas d'Haiti que l'Esprit m'a dit devoir être traduits dans les principales langues du monde. Ils identifient tous les acteurs qui ont contribué à plonger Haiti dans l'abime que l'on connait et qui ont œuvré énergiquement pour qu'elle périsse là. Mais Dieu tient à ce qu'Haiti remplisse une « mission prophétique, messianique, et mondiale » en faveur d'Israël, des Etats arabes non-belligérants, de l'Eglise, et de l'Afrique et des Noirs dans le monde!

Pour les plus prochains rendez-vous avec la nation, la presse nationale et internationale: Place d'armes des Gonaïves, plus deux autres villes du pays où je proclamerai au nom du Seigneur des messages qui, selon la promesse de l'Eternel, auront la puissance de libérer Haiti « en plein jour, par la grande porte, et une fois pour toutes » selon l'ordre que Jésus-Christ a reçu de Son Père, et qui doit être exécuté avant Son Avènement sur la terre. Merci!

III. LES NOUVELLES FETES DANS LA NOUVELLE HAITI

Sitôt le grand Jubilé biblique proclamé en Haiti, des fêtes pleines de symbolisme spirituel, patriotique, et historique viendront ajouter un sens profond aux nouvelles expériences du peuple.

Je donne aujourd'hui, sur la recommandation de l'Esprit, la liste de ces nouvelles fêtes, et quand viendra le moment approprié, je communiquerai à la nation la manière de célébrer chacune d'elles.

La nouvelle Haiti ou Royaume de Quisquéya se mobilisera, avec pompe et/ou solennité, pour célébrer :

1. La Fête des Tabernacles
2. Le Jour de Reconnaissance (pour honorer les compatriotes et étrangers ayant travaillé/contribué ou travaillant/contribuant d'une manière exceptionnelle à la libération/réhabilitation d'Haiti.
3. Le Jour des Missionnaires Catholiques et Protestants
4. La Fête en Mémoire des Indiens Exterminés dans la Colonie de St-Dom.
5. Le Jour des Educateurs
6. Le Jour des Chercheurs et des Inventeurs
7. Le jour des Expiations

L'Armée Indigène Restructurée (l'AIR) organisera des défilés militaires à travers le pays à l'occasion de ces fêtes. Des informations nécessaires seront données en temps et lieu par le PTH.

ELJ Micaël II, Porte-parole du Très-Haut et Son prêtre Melchisédek.

emmanueljulsaint@yahoo.fr/509) 3649-1957.
rodelinpierre@yahoo.fr/rodelinpierre1@hotmail.com/509) 3865-2825.